La casa de los tres pisos

“Se que se me acusa de soberbia, y tal vez de misantropía, y tal vez de locura. Tales acusaciones (que yo castigaré a su debido tiempo) son irrisorias. Es verdad que no salgo de mi casa, pero también es verdad que sus puertas (cuyo número es infinito) están abiertas día y noche a los hombres y también a los animales.”

Jorge Luis Borges en La casa de Asterión.

Dedicatoria

Para todas las personas y momentos que han influido en mi pensamiento, para todos los que hoy me apoyan comprando este libro.

Contenido

Capítulo 1, La Casa

Ahora estoy aquí escribiendo una historia que explique mis tormentos y que expíe mis errores, después de haberlo tenido todo, felicidad, familia, y paz, ahora solo me queda la casa, sus fantasmas y una soledad que me arde en el alma. Cómo quisiera devolver el tiempo, cómo quisiera solamente haber mirado para otro lado, el problema ha sido siempre el tiempo.

Durante nueve años Isabel y yo nos hemos despertado muy temprano, y hemos ido a dormir muy tarde, todo con el propósito de obtener una mejor vida.
Es bueno reconocer que hoy todo lo que tiene que ver con *software* es muy apetecido en el campo laboral, y gracias a eso nunca nos ha faltado trabajo, pero también es necesario aceptar que los horarios de trabajo son muy variables, y que las temporadas de esfuerzos extra son más comunes de lo que se piensa.
Durante este tiempo juntos tuvimos dos hermosos hijos, Laura una niña observadora y muy alegre y Daniel un niño inteligente, audaz y bastante expresivo, también nos hacía compañía un perro mediano de orejas largas y mirada nerviosa.
vivíamos en un apartamento en Envigado, al sur del valle; el espacio en el área metropolitana del Valle de Aburrá es muy escaso por lo que conseguir una casa a un precio razonable no deja de ser más que un sueño utópico. (el Valle

de Aburrá está conformado por diez municipios los cuales son: Barbosa, Girardota, Copacabana, Bello, Medellín, Envigado, Itagüí, Sabaneta, La Estrella y Caldas).
De conseguir algún día una casa, soñábamos que mínimo fuera de dos plantas, que tuviera espacio para un jardín, quizás sin vecinos para mantener nuestra autonomía y nuestra privacidad a salvo de molestias ajenas. Que estuviera muy iluminada, que se respirara aire limpio y que pudiéramos movilizarnos a nuestros trabajos con facilidad.

Los días seguían pasando, convirtiéndose en meses y los meses en años, hasta que de repente una oportunidad sin búsqueda se materializó ante nuestros ojos, a mediados de julio del 2021 recibimos una invitación de la compañía para la que trabajaba mi esposa a pasar un día familiar en una hostería muy cerca al casco urbano de Santa Fe, estando allí mientras me tomaba una cerveza fría cerca al restaurante escuché a dos empleados hablando de una venta por invitación de la casa Cuesta, me acerqué interesado en el asunto como cualquier persona amable en busca de una conversación podría estarlo, y así fue que les hice varias preguntas como: ¿dónde estaba la casa?, ¿cómo era? y finalmente ¿cómo podría tener acceso a esta oferta?, los empleados me dieron el número de Victoria Herrera, la vendedora de la casa, y quien escogía las personas que tenían acceso a las mejores oportunidades inmobiliarias en el departamento de Antioquia.

Santa Fe de Antioquia en 1584 fue llamado de esa manera y desde el 30 de octubre del mismo año, el rey Felipe II de España la nombró capital de la provincia de Antioquia hasta 1826, provincia que pertenecía al virreinato de la Nueva Granada, en la actualidad es un municipio de Colombia hermoso, de clima cálido y gente amable que atesora en sus edificios de época y sus calles empedradas esa historia española que alimenta toda la diversidad que nos compone.

Dejé pasar las cosas durante unas semanas y de pronto empezaron a aparecer sueños en una casa blanca resplandeciente y un Jardín que parecía no tener fronteras, casi podía sentir la brisa entrar hasta mis pulmones y llenar de libertad mi alma. Le conté a Isabel lo que había escuchado de la casa Cuesta en Santa Fe y del sueño recurrente, ella siempre ha sido una mujer de decisiones mesuradas y de visión analítica, en cambio yo me dejo llevar por la emoción, si fuéramos un solo cuerpo yo sería el corazón y ella el cerebro. Lo primero que me dijo fue que deberíamos hacer un presupuesto de lo que podríamos conseguir, y luego llamar a la vendedora para visitar la propiedad. Así pues, después de organizar un presupuesto llamé a Victoria y le comenté nuestro interés por ver la propiedad Cuesta, la primera pregunta que me

hizo fue como me había enterado de la venta con la voz envuelta en un haz de misterio, fui totalmente sincero y le comenté de mi imprudente intromisión en una conversación ajena, solo esperaba el rechazo inmediato, pero no fue así; sus palabras me dejaron bastante sorprendido: "Estaba esperando su llamada."
Obvié el misterio que contenía el significado de esas palabras y le pregunté si era posible ver la propiedad el fin de semana próximo, a lo que ella respondió animadamente de manera afirmativa. La casa se encontraba en zona rural de Santa Fe de Antioquia a tan solo cuarenta y cinco minutos de Medellín, me indicó Victoria, y completó con: para que lleguen más fácilmente cuando esté en la propiedad les compartiré mi ubicación por el teléfono celular para que así puedan usar alguna aplicación GPS.

Para llegar a la casa se recorría unos cinco minutos en carro por carretera destapada, y llegando a la entrada se atravesaba un túnel formado de guayacanes amarillos. Era una construcción colonial con un jardín de rosas chinas en los lados frontales, eran rojas como la sangre, la casa se notaba recién renovada pues su pintura era de un blanco resplandeciente que contrastaba armoniosamente con las rosas, tenía enredaderas podadas minuciosamente en los costados que la hacía notar muy fresca, y una fuente en el jardín central interno que hacía sentir esa frescura, la puerta principal era grande de una madera fina y con un color natural espléndido, a simple vista podía medir unos tres metros y medio, tenía una puerta trasera, esta no era tan grande como la principal y daba exactamente al cuarto de ropas, tenía ventanales frontales en el primer piso que junto con el patio central creaban una explosión de luz en el interior, en el segundo piso en la parte frontal contaba con un balcón alargado el cual tenía un barandal color bronce oscuro que se contraponía de manera casi simbiótica con el blanco de la casa y la puerta en color madera natural, la casa estaba formada por seis habitaciones sin tener en cuenta el espacio para la sala y la cocina. Sin aun comprar la casa, soñamos acerca de la distribución así: las tres que se encontraban en el segundo piso las destinaríamos para nosotros, en el primer piso una habitación quedó de reserva para las visitas y en la otra visualizamos un estudio donde serían exhibidos nuestros más queridos libros. El tercer piso realmente era un solo cuarto, el cual deducimos era para guardar todo lo inútil que las familias somos incapaces de botar o de regalar, quizás por cargas sentimentales o nuestro gusto nato por acumular. Finalmente estaba ese tejado anaranjado que asemejaba el más bello atardecer y que completaba toda la armonía que nacía con la mezcla del resto de lugares y partes de la casa.

Lo que sentíamos era indescriptible, estábamos en frente de la casa de nuestros sueños, estábamos en frente de la libertad, la comodidad y la seguridad, estábamos delante del más

grande estímulo a nuestros sentidos, una casa que con solo mirarla podías disfrutar como si se tratase de una obra de arte, una casa que cuando entrabas sentías que la brisa que se deslizaba por el patio te acariciaba, una casa que olía a rosas y a madera en cada rincón. No siendo suficiente no podía parar de pensar en todo ese espacio para que los niños y el perro pudieran jugar, todos esos lugares para que mi esposa y yo disfrutáramos de nuestros hobbies y gustos, y finalmente para que todos nosotros nos encontráramos en la frescura del patio central.
No tuvimos que discutir mucho; mi esposa y yo decidimos usar todos nuestros recursos para adquirirla, y eso se notaba en nuestro tono de voz al hablar con Victoria; una mujer de unos cuarenta años, rubia y ojos verdes penetrantes que en todo momento no cesaban de expresar una inteligencia bastante aguda.
Fue incomodo llegar al momento de hablar sobre presupuesto después de haber reconocido la obra de arte que se presentaba ante nuestras vidas, Victoria nos abordó con decencia y nos dijo: familia; esta belleza única en su clase está esperando por ustedes y por tal motivo su precio está adaptado solo para ustedes. Nosotros confundidos mostramos nuestras cartas, lo que teníamos en cuentas de ahorro y el apartamento que estábamos pagando en el sur del Valle de Aburrá, la sonrisa que lanzó casi parecía macabra, pero las palabras que le siguieron fueron la posibilidad de disfrutar de esta gran

oportunidad en nuestra vida familiar; la casa es suya, es más que suficiente lo que me acaban de ofrecer.

La casa vino con un folleto histórico fascinante, fue construida y habitada por el arquitecto español Pedro de la Cuesta y su familia en el año 1789, después de una década de vivir en la casa el arquitecto, envuelto en delirios y demencia asesinó a su familia, después de eso escapo de Antioquia, y en los registros aseguran que volvió a España, donde finalmente falleció preso de la locura en las montañas de la provincia de Burgos. Es el fin que siempre les espera a los grandes artistas, siempre son absorbidos por mundos mentales densos de donde provienen sus grandes obras, pensé.

Cuando estuvimos organizando la casa, dándole nuestro toque familiar, decidimos que cosas no íbamos a usar, pero que por algún motivo debíamos guardar. Entonces empecé a llevar a la habitación del tercer piso cada una de estas cosas. Cuando estuve en la habitación noté que la puerta y la chapa habían sido cambiadas, las paredes resanadas y pintadas, pero el piso seguía intacto, era de madera bien pulida y polvorienta, era la única parte de la casa que parecía no haber sido limpiada antes de entregarnos las llaves. Mientras caminaba por el opaco y rugoso suelo de madera, escuché un chirrido en la esquina izquierda del cuarto, parecía que fuera a partirse en ese punto como

si de una galleta se tratara, por eso después de limpiar el cuarto con minuciosa atención decidí observar aquel lugar en especial, fijé mi atención en el aumento del sonido y de esa manera encontré un pequeño agujero en él, solo cabía mi dedo meñique aunque con holgura los demás no podían atravesar ni la mitad, entonces con ese dedo hale un poco la madera y se desmoronó una tabla con excesiva facilidad, seguido de esto una nube de polvo enorme cubrió todo el lugar. Cuando se disipó se veía un compartimiento con unos libros muy antiguos y algunas anotaciones en una letra que denotaba prisa y descuido, eran garabatos y algunas oraciones repetitivas sin sentido. Entre los libros estaban los seis tomos de elementos de Euclides edición de 1576, Ética demostrada según el orden geométrico de Baruj Spinoza edición de 1913 traducida al español por Manuel Machado, finalmente sobre la teoría de la relatividad especial y general de Albert Einstein edición 1916, quizás su antiguo dueño fue un excéntrico, pero tenía buen gusto para la literatura científica y filosófica; eso era innegable.
Todo lo encontrado decidí atesorarlo en nuestra biblioteca, incluyendo los apuntes y garabatos.

En las primeras semanas, Isabel y yo nos despertábamos a las cuatro y media de la mañana, yo preparaba el desayuno mientras ella se bañaba y se arreglaba, una vez estaba lista, yo me arreglaba y ella alrededor de las cinco y cuarto despertaba los niños y les daba el desayuno, después entre los dos los organizábamos para dejarlos en el colegio, más o menos a eso de las seis y veinte quedaban en el colegio y nosotros salíamos para nuestros trabajos, los dos sentíamos melancolía quizás tristeza al ver nuestros hijos casi dormidos entrando al colegio, además de las muchas veces que escuchábamos sus quejas y dudas existenciales infantiles acerca de la importancia de cumplir con sus deberes. Así transcurrieron los días de rutina familiar, entre la prisa por cumplirla y el anhelo por el fin de semana, por el regreso a casa, por el disfrutar de ese magnífico espacio que empezamos a llamar hogar.

Ya solo esperábamos con ansias una reunión familiar para mostrar esta obra de arte que llamábamos hogar.

Capítulo 2, Eventos

2.1. Los ruidos

19 de agosto del 2022, fue un día excelente, estaba cumpliendo treinta y tres años y los celebramos con un asado en el jardín frontal, además de nosotros cuatro, estaban mis padres, mi hermano, mis suegros y mis cuñados, comimos carne, tomamos cervezas y comimos pastel, en cada una de esas actividades disfrutamos de conversaciones extensas sobre política, creencias, futuro, todo lo que en una familia se debate cuando estamos todos juntos.

En esa noche cuando ya todos dormían, cuando los amos del sonido eran los grillos y las hojas que chocaban unas a otras con el impulso del viento, con ese vaivén casi hipnótico, casi onírico, sucedió el primer evento extraño: desperté para ir por un vaso con agua, realmente tenía sed, esa noche estaba más calurosa de lo normal. En el camino hacia la cocina mientras atravesaba el patio central del primer piso empecé a escuchar un cántico tenue y lejano como si fuera una pequeña interferencia en un viejo radio, no era lúgubre, en su lugar se oía bastante alegre y desafinado, alguien estará viendo algún video en su celular pensé, y continué por mi vaso con agua, los sonidos eran cada vez más intensos, aunque debo reconocer que siempre he sido un hombre de creencias débiles y bastante escéptico, la curiosidad me obligó a complacer mis dudas, a develar el

misterio, por eso decidí escuchar esos sonidos con minuciosa atención, parecían estar celebrando un cumpleaños como el mío, era una multitud de personas que se perdían en el eco hasta llegar a mis oídos como un susurro; cuando pude ubicar su procedencia esa intensidad rebajó notablemente, lo que hacía mi deducción del origen una remota posibilidad más. Sin importar que los sonidos disminuían continúe con mi primera deducción: vienen del patio del jardín central pensé, terminé el agua rápidamente y me dirigí con prisa al origen de los sonidos antes de que desaparecieran por completo convencido de que no podría ser más que algún celular reproduciendo algún video de alguna red social.
Cuando llegué al centro de la casa, donde todos y todo confluye no encontré más que la débil luz de la luna menguante, los sonidos desaparecieron en la brisa que entraba a la casa y solo podía apreciarse una soledad profunda.

Así dejé pasar el suceso sin mucho razonamiento, me convencí de que algún invitado estaba viendo algún video, en alguna red social, me convencí de que esos sonidos que desaparecieron en la brisa no pertenecían a algún evento sobrenatural.
Pasaron semanas antes de volver a saber acerca de un suceso extraño, esta vez fue mi hija Laura, ella es una niña con una mente muy despierta, es la mayor, para ese día tenía 10 años. Escuchó un susurro al principio, y pensó

que la llamaban desde el tercer piso, mientras se encontraba jugando con sus muñecas, escuchó esa voz que la llamaba y confundió las palabras con Laura. Era una tarde lluviosa de finales de septiembre, Laura se me acercó y me preguntó, ¿para qué me necesitas?, a lo que extrañado respondí que no la había llamado, entonces me dijo: papi escuché tu voz en el tercer piso llamándome, subí pero no te vi, luego la voz volvió a sonar pero esta vez venía de aquí de la biblioteca, mientras bajaba escuché con más atención y decías Lucía en lugar de Laura, ¿papi olvidaste mi nombre?, terminó con una risita burlona, y yo simplemente no presté atención al evento, catalogándolo como una simple confusión.

Los sonidos se intensificaron a finales de octubre, sonidos que se transformaron en voces, al principio susurros y después se volvieron gritos.
Recuerdo que una noche a mediados de octubre Daniel de tan solo seis años se despertó a las tres de la madrugada lanzando alaridos cargados de terror, con voz temblorosa nos decía que una niña le había gritado mientras él dormía, y no solo una vez, la niña repetía una y otra vez entre los gritos que quería su muñeca roja, cuando él pudo vencer el miedo para correr hacia nosotros escuchó una segunda voz, esta vez de una mujer adulta que parecía llamar la niña por su nombre: Adela.

Mi esposa siempre ha sido una mujer muy creyente, es devota de la religión católica, por ese motivo sugirió que nos visitara un sacerdote para que esparciera agua bendita y así purgar la casa de cualquier energía maligna que quisiera hacernos daño, después de una larga discusión, donde ella realmente parecía enfadada conmigo debido a mi escepticismo, accedí, ya que no pude explicar desde la razón todo lo que nos estaba aconteciendo.
Asistimos a la ceremonia que ejecutó el sacerdote Camilo Salcedo de Santa Fe de Antioquia en una tarde soleada de principios de diciembre. Con cierto temor y quizás una pisca de emoción, esperaba que la casa temblara y rugiera una voz salida del inframundo, quizás que dijera que se negaba a dejar la casa mientras se cerraban y abrían puertas y ventanas discontinuamente; pero no fue así, absolutamente nada sucedió esa tarde, ni ruidos, ni estremecimientos, nada, pareciera que lo que allí ocurría nada tenía que ver con la fe.

La casa se mantuvo en silencio por tres meses más, no nuestro silencio, el silencio de lo extraño, el silencio del miedo, el silencio de la incertidumbre.

En marzo Isabel cumplía treinta y dos años; como motivo de celebración fuimos al casco urbano de Santa Fe de Antioquia, y diagonal a la iglesia Santa Bárbara se encontraba una casa muy amplia y colorida, en ella vendían unos

almuerzos tradicionales deliciosos. Cuando estás caminando por las calles empedradas puedes sentir ese aroma desde cuadras de distancia, ese aroma que te abre aún más el apetito, que hace que tu boca genere saliva y tus piernas apresuren el paso.
Al llegar la atención fue impecable, el sitio tenía una música que se mezclaba con la gente sin interferir en las diversas conversaciones, los adornos consistían en imágenes religiosas de ese pasado católico apostólico romano, y demás objetos antiguos que me transportaban con nostalgia a una Antioquia naciente, a una Antioquia que se encontraba definiéndose a sí misma en un torbellino cultural, económico y social.
El menú contenía recetas muy nuestras y variadas, recetas que están dentro de toda esa pluralidad del alma colombiana, como la bandeja paisa, un plato que tiene abundante arroz, carne molida, frijoles, plátano maduro frito, huevo frito, chorizo, chicharrón, ensalada y no puede faltar el aguacate, también tenían mondongo, el cual es una sopa del estómago de res picado y acompañado de verduras cortadas en trozos como zanahoria, arveja, papa y yuca, el menú se extendía y el hambre también. Llegué hasta leer sancocho trifásico, el cual consiste en una sopa de carne de res, cerdo y pollo, me salté la sección que continuaba y también la de los pescados fritos como el róbalo, y regresé a la bandeja paisa, simplemente ya no podía esperar.

Finalizamos la tarde con un buen café para nosotros dos, helado para los niños, una botella de vino para llevar y una caminata por el parque central.
Puedo decir que al finalizar la calurosa tarde el sol se distorsionó en una gama de colores rojizos, la brisa que escolta al rio cauca invadió todo el pueblo, recorrió cada casa, cada árbol, cada persona; nosotros la disfrutamos mientras caminábamos junto una fuente de agua formada de círculos concéntricos que se encuentra frente una gran iglesia blanca; como es sabido en la distribución urbanística española de época de colonia, el centro contenía todas las instituciones de poder como la iglesia, la alcaldía, la policía; a partir de ese círculo que encerraba un místico punto de encuentro entre creencias, política, leyes y personas se empezaba a construir las casas de esos habitantes que terminaban recorriendo por esas calles empedradas ese círculo central en una rutina imperceptible.

Cuando regresamos a la casa encontramos a nuestro perro, Argos, llamado así por el perro de Ulises en la Odisea; ladrando incesantemente a la puerta del frente de la casa. Cuando salimos a lugares en los que no estamos seguros si admiten perros, siempre preferimos dejarlo en la casa, y para que soporte nuestra ausencia ponemos música, dejamos las luces encendidas y llenamos su plato con una buena comida en el patio, las dos puertas estaban cerradas con doble cerrojo, la frontal y la trasera que se encuentra en la zona de ropas, por eso era totalmente imposible que hubiera podido salir de la casa; ¿además a qué, o a quién estaba ladrando de esa manera? Las luces encendidas estaban como las dejamos y no había ninguna ventana rota, mi esposa y mis hijos se quedaron en el carro, le dije a Isabel que a mi señal llamara a la policía, yo correría al carro y nos íbamos , entonces tomé una llave inglesa que tenemos en las herramientas, y con sigilo me dirigí a la puerta, el perro dejó de ladrar y se me abalanzó para saludarme con esa alegría única en ellos, lo aparté con nerviosismo y acerqué la oreja a la puerta esperando escuchar algo que me diera una idea sobre que había sucedido, la cerradura estaba intacta y el marco de la puerta igual. No escuché nada, no se oían ni los grillos, ni la brisa, el silencio se hacía envolvente, casi podía escuchar los jadeos de argos, casi podía escuchar los latidos de mi corazón cada vez más rápidos, cada vez más sonoros, mi concentración estaba sumida en la casa, y con fuerza apretaba a la llave inglesa con la mano derecha pegada a mi pecho, y mientras tembloroso, con la izquierda hundí la llave en la cerradura, al quitar el primer cerrojo de seguridad el estruendo me pareció ensordecedor, por lo que permanecí inmóvil esperando que dentro de la casa este estallido sonoro desatara un movimiento violento e impredecible; después de unos segundos quizás, segundos que sentí como eternidades; decidí quitar el segundo y último cerrojo, el sonido esta vez no me pareció tan fuerte, quizás por la confianza de que el primero no agitó a nadie dentro de la casa, o nada, pensé.

Después de vacilar un momento más, abrí la puerta de un golpe y esperé paciente otro instante antes de presentarme en la entrada con la llave inglesa empuñada lista para descargar sobre lo que fuera. Para mi asombro no puedo negar que sentí tranquilidad, pero también curiosidad, la casa estaba intacta, me imaginaba todo desordenado, tal vez los objetos de valor como computadores y televisores ausentes, pero no fue así, la casa estaba justo como la dejamos, solo que sin Argos en ella.

Esa noche cerramos las puertas y nos reaseguramos que así fuera, después nos fuimos a la cama, los niños durmieron, pero mi esposa y yo no conciliamos sueño, supongo que igual que yo, su mente divagaba por infinitas posibilidades que dieran respuesta lógica a lo que acabábamos de vivir.

Como era de esperarse, mi esposa al desayuno tocó el tema, me comentó que no se sentía segura en la casa y que temía por los niños, yo en cambio pensaba que todo era cuestión de encontrar una respuesta desde la razón, de encontrar una explicación a todo aquello que nos estaba sucediendo, por lo que sugerí comprar un set de cámaras de vigilancia para comprobar de una vez por todas que todo era no más que una confusión, y al mismo tiempo generar en ella la certeza de que podríamos protegernos de cualquier intruso.

Mientras pasaban los días, me concentraba más y más en descubrir que sucedía, creaba teorías y buscaba rehacer los hechos, pero todos ellos eran tan aleatorios e impredecibles como las estrellas en el universo. Durante la semana estaba durmiendo entre cinco o seis horas diarias, los fines de semana me desvelaba completamente.

Una noche de abril Isabel me contó lo preocupada que estaba y me sugirió ir a visitar algún médico para tratar mi ansiedad; como es común en un caso de fijación mental, me negué rotundamente, pero ella con mucha habilidad de persuasión consiguió darme una infusión de toronjil y valeriana, esa noche dormí como no había dormido en muchas semanas. A la mañana siguiente, Isabel organizó una caminata por el sector para despejarnos la mente, la naturaleza siempre sana el alma inquieta de los seres humanos, dijo; tomamos la ropa más cómoda y provisiones de agua y comida para el camino, le pusimos la correa al perro y caminamos por el sendero destapado, adentrándonos en la vereda. Después de unos veinte minutos de camino, al lado derecho de la carretera destapada vimos una piedra de unos noventa centímetros de alta con una forma bastante peculiar, a simple vista podíamos deducir que era un triángulo equilátero, pues todos sus lados parecían tener el mismo tamaño, sin duda había sido pulida con minuciosa atención; dejando la piedra seguimos avanzando un poco más, quizás pasaron unos diez o quince minutos, cuando encontramos una piedra exactamente igual, pero esta vez se encontraba del lado izquierdo de la carretera. Mi hija Laura llevaba la correa del perro, en un descuido de segundos el perro se agitó, superando la fuerza de la niña, se liberó y corrió sin pausa adentrándose hacia la vereda, yo le seguí usando toda la energía que me quedaba, aunque como es obvio mi velocidad no fue suficiente para darle alcance, solo pude ver impotente como Argos se perdía en el extenso camino. Exhausto tuve que detenerme a descansar, miré para atrás y no veía a Isabel ni a los niños, mi respiración se hacía cada vez más rápida, sostenía las manos en las rodillas dejando caer todo el peso del cuerpo sobre las piernas, cuando de repente de un sendero arbolado escuché un ladrido, tomé una bocanada de aire y apresuré la marcha nuevamente, sentí como si hubiera trotado unos cinco minutos, el aire se hacía muy pesado, el cuerpo entero parecía latir en sintonía con mi desesperado corazón, el calor era insoportable, las piernas me pesaban, instintivamente me dejé caer contra un árbol y cerré lentamente los ojos. No sé cuánto tiempo pasó, pero me despertó Laura, estaba muy feliz y me agradecía por haber encontrado el perro, algo confundido me incorporé lentamente apoyándome en el árbol que me había servido de soporte para el descanso, tambaleé por unos instantes hasta que Isabel me tomó del brazo para no dejarme caer, ¿qué pasó?, le pregunté, ella se me acercó y me habló en vos baja, mira llegamos al sendero que lleva a la casa, exaltado y sin contener el asombro dije: ¿Cómo es posible?, si corrí en sentido contrario, y nosotros te seguimos, respondió ella de inmediato.

Ese mismo día finalizando la tarde, mientras jugaba con los niños al lado de las enredaderas de la casa, noté que en la esquina trasera había una grieta y esa zona denotaba un deterioro evidente, un deterioro de décadas, deterioro como el que sentía en mi cuerpo, como el que sentía en mi alma, como el que sentía en mi matrimonio, lo único que me haría descansar era descubrir que estaba pasando en esa casa, que estaba pasándome.
Cuando busqué a Isabel para enseñársela, la grieta había desaparecido.

2.2. Grietas

Las discusiones con Isabel aumentaron, ella insistía que teníamos que dejar la casa, pero yo continuaba hipnotizado por su belleza, por el misterio, por esos eventos que tenía que descifrar desde la razón. Finalmente, Isabel me dio un evento más, si algo volvía suceder se iba con los niños de la casa.
Debido a la restricción impuesta por Isabel, quizás por el miedo a la soledad y al silencio absoluto, creció en mí una aguda concentración

mental por los misterios que nos envolvían en la casa; antes de dormir aproximadamente a las doce de la noche revisaba las cámaras de seguridad que había instalado en cada esquina de la casa, recorría cada pasillo y me aseguraba que las puertas estuvieran bien cerradas.
Las grietas siguieron apareciendo y desapareciendo por dos semanas más, aunque preferí ocultarlo para mí, supongo que Isabel y los niños también las notaron, pero no eran eventos suficientes para justificar la mudanza, lo que me daba tiempo para adelantarme a los sucesos e impedir que las grietas infectaran con miedo a nuestra familia.
Usaba las cámaras para encontrar las grietas, e impedir que mis hijos o Isabel pudieran verlas, los fines de semana durante el día ponía música para opacar cualquier ruido que se pudiera generar, y durante la semana daba la misma sugerencia a Marta, la nana de los niños, una mujer de cincuenta años, bajita y de contextura gruesa, lleva trabajando con nuestra familia desde que vivíamos en Envigado, siempre nos ha gustado lo paciente y amorosa que es con los niños y con Argos.

La empresa para la que trabajaba me aprobó un mes de vacaciones que tenía acumuladas, más por mi bajo desempeño que por los días que tenía disponible, mi desconcentración me hacía cometer errores muy a menudo, me perdía mirando al vacío, aunque parecía que estaba atento a la pantalla siempre estaba con la mente en blanco o imaginando alguna trama como de ciencia ficción, todos los proyectos en los que trabajaba tenían retrasos y requerían mucho retrabajo. No puedo negar que mi mente cada día se distanciaba del mundo, cada día se adentraba más y más en la casa de los tres pisos, en el misterio de grietas que desaparecían, en los ruidos que invadían las tardes y las noches. Por eso decidí finalizar con esta espina en mi cerebro aprovechando este tiempo que me dio la empresa. Lo realmente complejo fue justificarle a Isabel que tomaría un mes de vacaciones sin ningún motivo aparente, no podía contarle que solucionaría las cosas con la casa, no podía decirle que ese misterio se estaba adueñando de mi concentración y mi razonamiento, por eso tuve que decirle que me habían autorizado un piloto de trabajo remoto, yo era el primero en probarlo y según mi rendimiento, y mi experiencia lo habilitarían para el resto de la compañía.

No recuerdo la fecha exacta, pero me atrevo a pensar que estábamos en finales de mayo, cuando me decidí a leer esos apuntes y garabatos que encontré en el tercer piso, esas hojas que se encontraban en esas tablas sueltas y que hallé mientras guardaba las cosas que no necesitábamos.

Debo admitir que contenía una información que se estrellaba violentamente en mi cerebro, era como recibir un corrientazo en la sien, voy a tratar de describir lo escrito:

El escritor se presenta así mismo como Pedro de la Cuesta, el arquitecto de la casa, en los garabatos empieza por contar acerca de su afiliación a un grupo globalista llamado el triángulo, según sus propias palabras, el triángulo coordinaba de manera continua el desarrollo de la humanidad y el funcionamiento social desde antes de que el hombre tuviera memoria. Ahora toda su atención estaba fijada en América y trazaban un plan, donde triangulaban una cesión del poder desde Madrid a Bogotá y finalmente a Washington, en una de las hojas se podía apreciar un mapa mundial de la época, donde se dibujaba una línea desde Madrid a Bogotá, luego de Bogotá a Washington, y finalmente de Washington a Madrid, esto creaba aparentemente un triángulo equilátero. Al principio fui escéptico y pensé: Pedro, un escritor frustrado que no debe ser nada más que un fanático religioso, delirando con los mitos que le habían hecho creer, pero cuando me topé con la descripción de las puertas algo dentro de mí se quebró.
Las puertas según Pedro son puntos infinitos que forman las líneas rectas que a su vez forman el triángulo, estas líneas y este triángulo se han estado moviendo durante toda la historia, y estos puntos permiten que el triángulo, o sea la sociedad globalista se mueva por la misma historia. Si, además de ser una sociedad globalista tenían acceso a viajes en el tiempo, una cuestión que para alguien como yo es imposible de creer si no he sido testigo ocular, si

no he podido ver, si no he podido sentir esa clase de locura salida de un libro de ciencia ficción. El tiempo en sí mismo no existe, es solo una referencia basada en un cambio físico, en nuestro caso la rotación de la tierra en su propio eje y alrededor del sol, por lo que no puedes recuperar algo que realmente no existe, o bueno eso creía hasta que llegué a la descripción de un ejemplo que escribió Pedro, uno que yo mismo había vivido. Cuando a traviesas una puerta y caminas por una hora, por dos, por tres, no importa cuánto, si encuentras otra puerta dentro de esa misma podrías salir apenas instantes después de entrar en la primera y quizás en el inicio del recorrido, como si no hubieras avanzado nada, como si el tiempo se hubiera detenido, esto me trajo violentamente el recuerdo de esa caminata en la que Argos se perdió y que luego misteriosamente aparecimos cerca de la casa.

En esos garabatos, Pedro expuso todos los planes del triángulo, su ciencia, su doctrina, y además denunció la persecución que ahora recaía sobre él, por oponerse a la desestabilización de tres siglos que se impuso a la Nueva Granada y a España; según sus palabras, en su corazón se escribía la palabra amor, y estaba escrita en castellano. También dio la razón de porqué construir la casa de tres pisos en esa ubicación: estaba sobre una de las puertas y podría perderse del rastro fácilmente del triángulo, podría moverse entre las eras sin poder ser identificado.

La estrategia clave del triángulo para migrar el poder consistía en mantener vigente el odio hacia lo español desde la colonia e infectar España con el mismo mal, las personas sin amor por su tierra terminan saqueándola. El destino para la Nueva Granada era una guerra interminable y sin sentido, era adiestrar ciertos líderes políticos que generaran división entre la gente, era encasillarnos en peleas partidistas y de caudillos, siempre con verdades absolutas distintas, en cuanto a Washington, tomaría las riendas del mundo detrás de ese caos que parecía no tener propósito, pero uno de los postulados del triángulo era: mantener un punto principal evitar guerras de gran escala, sostener un imperio superior a todos los otros.

Los días siguieron pasando y yo me retraía cada vez mas del mundo real, mis demostraciones de afecto hacia mis hijos y hacia Isabel se habían reducido, el sexo con Isabel ya no tenía sincronismo y finalmente terminó por desaparecer, mi mente estaba demasiado ocupada, demasiado sumida en descubrir el misterio.
Isabel empezó a preguntarme constantemente si estaba hablando con otra mujer, si ya no me parecía atractiva, que acudiéramos un psicólogo para que nos ayudara con este aparente desamor, con esta perdida de la pasión, lastimosamente no hice mucho caso, cada vez que discutíamos sentía como se me diluía el tiempo entre palabra y palabra, siempre pensaba

que debería estar trabajando en solucionar las grietas de la casa, siempre me decía a mi mismo que después de eso, todo iba a mejorar solo.

Un viernes en la mañana Isabel salió como de costumbre al trabajo, y yo como supuestamente me encontraba de vacaciones lleve solo los niños al colegio. Estuve todo el día tratando de encontrar un patrón de distancias para las apariciones de las grietas, a las tres de la tarde Isabel me llamó para decirme que tenía que quedarse en el trabajo pues un proyecto en el que estaba trabajando se había complicado, algo muy común en nuestra profesión.
Ese viernes después de esa llamada vi como los niños trataban de llamar mi atención con cualquier travesura y pensé en ellos y en Isabel con arrepentimiento, por este motivo decidí llevar los niños a Medellín para ver una película en el cine y quizás después comer helado.
Cuando íbamos a entrar a la película los niños se detuvieron con gran insistencia en una maquina de dulces, me pedían casi a gritos monedas, se las di y fueron a sacar sus tesoros, mientras ellos sacaban los dulces vi frente a mi como Isabel besaba a otro hombre, estaban listos para entrar a ver una película, me quede pasmado, mi corazón se agitó al punto de querer salirse de mi cuerpo, mis manos se enfriaron y me empezaron a sudar, solo me quede ahí con los ojos abiertos mirándolos, cuando terminaron ella y yo quedamos viéndonos a los ojos, ella hizo un impulso por ir hablarme, pero le di la

espalda tomé los niños y les dije que la película había sido cancelada, pero que todavía podíamos ir por ese helado que les había prometido.

Cuando terminamos de comer el helado, compramos algunos juguetes y salimos para nuestra casa, los dos estaban exhaustos, se durmieron en el asiento de atrás con una placidez realmente envidiable, mientras yo me hacía pedazos por dentro, no pare de llorar durante todo el camino a casa. Apenas entramos a la casa nos recibió con la alegría de siempre Argos, Isabel estaba sentada en la sala con una copa de vino en la mano, se notaba muy nerviosa, me ayudo llevando los niños a dormir en la habitación, yo no le pronuncié ni una sola palabra. Después de un rato en silencio me pregunto, y, ¿que esperabas?, nosotros no somos nada, no me demuestras que me quieres, no tenemos intimidad, yo soy un ser humano, yo quiero sentir el calor del amor, ese que una vez sentimos juntos. Yo continúe en silencio, pero desmoronándome lenta y dolorosamente, esto ha llegado a su fin, ahora tenemos que pensar como vamos a organizar esta separación, finalizó Isabel, asentí en silencio y me retire para el estudio del primer piso.

Las grietas como las que salen en mi casa salen porque las partes de la casa se confunden entre las décadas, entre los siglos y son como las grietas que el triángulo genera en las transferencias de poder sin importarles si quiera un poco cuanto sufren los pueblos títeres de sus hilos, y al mismo tiempo esas grietas aparecen en mi vida, en la relación con mi familia, es como si yo fuera esos pueblos rotos, esa casa, el tiempo mismo.

Capítulo 3, El Silencio

El cielo estaba azul, el sol brillaba como nunca antes había brillado, la casa estaba rodeada de los colores más nítidos que pueda producir la luz, los sonidos que me envolvían eran tan naturales, eran tan propios de todo el entorno que rodeaba la casa, nunca podré olvidar esos sonidos, porque esos sonidos producían silencio, ese silencio que me avasallaba el espíritu ,producían ese silencio de mi soledad, no pudimos salvar nuestro matrimonio, además de mi indiferencia y su engaño, ella descubrió que tomé las vacaciones para investigar los eventos que habían sucedido en la casa, además que mi bajo rendimiento laboral fue un motivo de peso para que la empresa me aprobara, se fue culpándome por todo eso, además con ella se llevó los niños de la casa, los alejó de mí, me hizo un agujero en el corazón, que con cada recuerdo se tragaba cualquier destello de luz que pudiera nacer en mi, ella además se fue argumentando que estaba pasando por una crisis obsesiva compulsiva, que me podía convertir en un riesgo para ellos. El vacío era lo único que llenaba mis noches y el cigarrillo mi consuelo, para agravar mi torbellino de melancolía y tristeza, el pobre Argos se perdió para siempre en la eternidad del tiempo, se perdió en las épocas, solo Dios podía saber si estaba muerto o vivo, para Isabel también de eso el único culpable fui yo, yo que dejé de dormir y de comer para entender cómo protegernos del triángulo y de sus aberraciones con el tiempo y el espacio.

La desaparición de Argos sucedió en la noche más fresca en mucho tiempo, el viento mecía los guayacanes de la entrada, por el patio central entraba un torbellino de aire, refrescando y expandiendo aún más el olor de rosas y madera que impregnaba todos los lugares de la casa, la luna se alzaba imponente en medio de la oscuridad; los ladridos de Argos nos despertaron. Ya llevaba un tiempo durmiendo en el primer piso, separado de Isabel. Entre dormido me dirigí a la puerta trasera, lugar del que provenían los ladridos, cuando llegué los ladridos cesaron, encendí las luces y Argos no estaba, no lo volvimos a ver. Cuando le expliqué a Isabel que muy probablemente Argos estaba perdido en el tiempo, cuando le conté de los garabatos de Pedro y de la teoría paranoica del triángulo, le expliqué mi teoría sobre las grietas y deduje acerca de los ruidos que simplemente eran momentos en los que podíamos dar un vistazo a otros tiempos, tiempos en los que la casa tenía otras sonrisas, otros gritos, otras personas; su largo silencio me hizo sentir como un fanático religioso, como un paciente de algún hospital psiquiátrico. Su respuesta fue el silencio, ese que ahora me dice que estoy solo.

En un principio sentí que el mundo se desmoronaba frente a mí, después entendí la cadena de sucesos como una jugada del destino para poder encontrarle una solución a este nudo temporal en el que los hilos del tiempo se entrelazan, o de no ser posible hallar una solución, al menos tener la certeza de que no existe.

Capítulo 4, El triángulo

Tengo un recuerdo bastante borroso sobre el día que tuve contacto con el primer agente del triángulo, fue un viernes caluroso, como es costumbre en la zona. Me encontraba en el balcón, analizando los garabatos y trazando unos nuevos sobre un atlas, calculando los posibles puntos que servirían como puerta, necesitaba recuperar a Argos y entender como frenar la aleatoriedad del flujo temporal; cuando por la entrada principal entró un hombre de estatura media, piel blanca, lampiño y bastante delgado, llevaba ropa deportiva pero no tenía ni una gota de sudor, me saludó con emotividad como si me conociera de siempre, yo con cierto recelo preferí no devolver el saludo con tanta efusividad.

Se presentó como Martín Espinoza, me dijo que se acababa de mudar para la zona, y salió a realizar ejercicio, en el camino vio los guayacanes florecidos y decidió tomar ese camino intrigado por la belleza de estos árboles. La historia era creíble, pero de igual forma me mantenía distante, me hizo unas preguntas puntuales y las respondí cortante, no imaginé en primer momento que hiciera parte del triángulo, no imaginé que fuera un vecino real, ni tampoco que fuera un bandido, simplemente no imaginé nada, no me importó, mi energía mental se encontraba concentrada en descifrar un punto de entrada, algo que "Martín" no logro sacar de mí.

Cada mañana salía tomar un café y a caminar por el sendero de guayacanes, cada mañana divagaba por el tiempo, pensaba en marcar los puntos que servían como puertas alrededor de la casa, alrededor de nosotros, si, aun en la soledad pensaba en nosotros, aun amaba a mi esposa, a pesar de su infidelidad, a pesar de haberme tratado como un desquiciado, no había parado de extrañarla, a ella y a los niños, las lágrimas siempre resbalaban por mi rostro mientras el desespero se mezclaba con la cafeína y la nicotina, Argos, pobre Argos pensaba al finalizar mi meditación matutina. Algún día marcaría esos puntos y podríamos vivir tranquilos, solo esquivándolos, algún día podre recuperarla pensaba.

A partir del primer encuentro con Martín, fue más común verlo, al principio pasaba con aleatoriedad en frente de la casa, después, empezó a interrumpir mis meditaciones matutinas con insoportable frecuencia; Alzaba la mano y soltaba una sonrisa que se hacía macabra mientras más se extendía, debía ser por su apariencia blanca y delgada o por sus ojos hundidos que se clavaban en una mirada fija que finalmente terminaba por desviarme de mis lamentos rutinarios.

En una de las mil y una noches que pasaba en vela, divagando sobre una vida anterior y sobre el posible paradero de argos, tuve ensoñaciones cortas, me iba y parecía recordar vidas de otros, parecía vivir experiencias sin sentido, luego parpadeaba y estaba de nuevo en la biblioteca rodeado de libros abiertos y regueros de papeles. En uno de esos ir y venir recordé con vivido sentimiento el día de la caminata familiar, recordé las piedras triangulares pulidas, recordé como parecían haber cambiado de sentido, y como un chispazo en mi cerebro, me llegó la idea de que esas piedras eran la misma y que esa piedra tenía que poseer una puerta o varias, de repente escuché el leve crujido de la puerta principal, luego de eso le sucedió un silencio abismal, mi respiración se hacia mas rápida ,los latidos de mi corazón parecían tambores, mi mente se puso en blanco y empecé a sentir un escalofrío que me recorría todo el cuerpo, entonces revisé mi celular en busca de las cámaras que había instalado y con horror pude comprobar tres alertas de movimiento en la bandeja de notificaciones, la cámara que apuntaba a la entrada principal, la cámara que se encontraba en el pasillo de entrada y la que se encontraba en la escalera para el segundo piso, abrí la aplicación para ver los eventos de movimiento que las alertó, sentí un frio recorriendo desde las plantas de mis pies que al llegar a la cabeza se convertía en un calor insoportable; tres hombres armados estaban ahora en mi casa, reconocí a dos de ellos: uno era Martín, con el otro sentí una puñalada al corazón, era el hombre que estaba en cine con

Isabel, como pudo ser tan estúpida pensé. Ahora todo era muy claro, había seducido a mi esposa para causar la ruptura, cuando dejáramos la casa con nuestra familia hecha pedazos, como buitres buscarían cualquier cosa que los preocupa de estas cuatro paredes, por eso ha estado Martín rondando la casa, quizás disfrutando, riéndose a mis espaldas de como me desmorono, de como agonizo en su maquiavélico plan.

No era momento de seguir lamentándome, tenía la ventaja de que no sabían que estaba desvelado en la biblioteca, ellos se dirigieron directamente a mi habitación, suponían que me encontrarían desprevenido, durmiendo e indefenso. Tomé mi paquete de cigarrillos y el encendedor que tenía sobre mi escritorio, busqué desesperadamente las llaves del carro, no las encontré, recordé con amargura que las había dejado en el nochero del lado derecho de mi cama, para mi desgracia era muy consciente de que el tiempo que tenía era absurdamente pequeño antes de que decidieran revisar el piso donde me encontraba, no podía evitar escuchar los pasos por todo el segundo piso, arrugué un par de papeles donde tenía algunas deducciones y me apresuré a salir por la puerta de atrás, llevando conmigo apenas lo que llevaba puesto; desde la escalera del segundo piso no había visibilidad hacia la zona de ropas, todo mi sigilo fue inútil, uno de los hombres que venia bajando por la escalera alcanzó escuchar como se me arrugaban los papeles contra el cuerpo y alertó a sus compinches; quizás fue la adrenalina, pero el no percibió que su tono de voz fue lo bastante alto para que yo me diese cuenta, mi carrera por la vida empezó, corrí con todas mis fuerzas hacia la zona de ropas, corrí sin pensar en nada, sin pensar en esos disparos que escuché tras de mi, sin pensar en las palabras que me gritaron mientras halaban los gatillos de sus armas, corrí tanto que no pudieron seguirme el paso, atravesé la puerta trasera y corrí, corrí con todas mis fuerzas hasta que pude escurrirme detrás de unos matorrales, desde allí intenté verlos, escuché como un carro aceleraba a toda prisa, pero no pude verlo a detalle, toqué mis bolsillos en busca de mi celular y así llamar a la policía, y no lo encontré, seguro lo había perdido en la carrera, solo tenía unos papeles arrugados y sucios de sudor, mi cajetilla de cigarrillos y el encendedor, bueno que mas podía necesitar en ese momento, pensé mientras encendía un cigarrillo.

De repente el sonido retumbante de cascos de un caballo me sacaron del sosiego de la nicotina, empecé a mirar en dirección de donde pensé que provenían, cuando una voz detrás de mi habló, el sobresalto estuvo a punto de causarme un infarto, buenos días señor, fueron las palabras que pronunció ese misterioso hombre a caballo, ¿se encuentra bien?, me preguntó, respondí atontado por los nervios afirmativamente, estaba confundido, aun estaba oscuro, ¿ya era hora para decir buenos días?, señor esta sangrando, me dijo el hombre, en ese momento observé el charco de sangre debajo de mí, palpe mi camisa con manos temblorosas, estaba empapada, así que no era sudor nada mas pensé, luego de eso todo se hizo mas oscuro, perdí el control de mi cuerpo y por mis ojos todo sucedía lentamente mientras me desplomaba, después todo se hizo nada.

Capítulo 5, El viaje

No sabía con certeza cuanto había pasado, pero después de haber despertado, me encontré en un lugar muy caluroso y extraño, jamás había estado allí, parecía una pequeña cabaña de madera, estaba muy limpia, pero continuaba siendo bastante rustica, lo primero que hice fue pararme de la cama, aun continuaba, mareado pero no me detuve, y busqué respuestas en la primera persona que vi, en ese momento, no pude reconocerlo bien , pero después cuando me acerque mas pude ver que era aquel hombre a caballo que me había saludado antes de perder el conocimiento, en ese momento, en ese instante en el que él me hablo no había visto que llevaba una ropa bastante pintoresca, era un hombre de unos cuarenta y cinco o cincuenta años, de estatura mas o menos de un metro setenta, cabello oscuro bien peinado y una barba abundante y bien pulida, entonces tambaleándome me acerque lo suficiente para poder hablarle y que me escuchara, le pregunte sobre lo que había pasado, el me dijo: su herida de bala debería estar mejor, toqué mi hombro derecho y se encontraba totalmente vendado, le pregunté que donde me encontraba, el sonrió y me dijo que parecía una buena persona, que lo acompañara a la casa por algo de beber y ahí, hablaríamos con mas calma, acepté.

Nos demoramos caminando por un sendero angosto y rodeado de bastante maleza unos diez minutos, luego llegamos a un lugar plano con el césped perfectamente cortado y unos arboles hermosos e imponentes a los dos lados de una casa, se sentía un olor a leña que me llevaba a ese pasado dorado de los sancochos y asados familiares, la casa era una construcción colonial con un jardín de rosas chinas en los lados frontales, eran rojas como la sangre, la casa se notaba recién renovada pues su pintura era de un blanco resplandeciente que contrastaba armoniosamente con las rosas, tenía enredaderas podadas minuciosamente en los costados que la hacía notar muy fresca, de repente me invadió un sentimiento de desasosiego, un vacío se apodero de mi pecho, si, era mi casa, ahí enfrente, lo único diferente eran los dos arboles de sombra a los costados. Mientras caminábamos pasaban por mi mente posibles respuestas, me decía puede ser que alguien copio el diseño exterior de la casa cuesta, alguien sin escrúpulos, pero y si es mi casa como podía ser posible que un extraño me guiara con tanta propiedad, como ofreciéndome limosna a mi propia casa, quizás todo ha sido un sueño, la casa, mi familia, mi vida, quizás soy el producto de la imaginación de alguien, quizás soy la locura de mi guía.

Ingresé por la puerta principal, y nos dirigimos a la parte donde estaba una especie de sala y estudio, mi mirada se perdía en la casa, inspeccionaba cada detalle y lo contrastaba con el recuerdo de mi casa. En la sala había un juego de muebles de un cuero bastante rustico y un escritorio con dos montones de libros a cada lado, eran de una colección muy llamativa, realmente parecían antiguos. Aquel hombre de ropas extrañas me pidió que me sentara en un marcado acento español, y seguido de eso gritó: ¡Lucía!, fueron varias veces que la llamo, después de un minuto quizás, apareció una mujer de ojos castaños tan claros como su cabello, señor le presento a mi esposa Lucía me dijo, Lucía tráele algo de beber al caballero le dijo en tono imperativo.

El hombre me pregunto mi nombre, me pregunto donde vivía y que había sucedido conmigo, respondí con sinceridad y agradecimiento, Me llamo David Álzate, le dije, vivo en una casa muy parecida a la suya, quizás mas cerca de lo que pensamos, cuando terminé de decir eso volvió a mi mente la preocupación por los matones del triangulo, tragué saliva y continué: soy ingeniero de software, quise omitir los detalles de lo que me había sucedido y todo lo que tenía que ver con el triangulo, por lo que finalicé mi intervención casi en seco, lo hice esperando que me preguntara de nuevo que me había sucedido, pero el silencio se extendió mas de lo que esperaba, mire la cara de aquel hombre y demostraba un asombro muy desconcertante para mi, movió los labios y espere paciente que inquiriera sobre lo que me había sucedido cuando él me encontró, entonces preguntó: ¿qué es un ingeniero de software?, digo ¿que es software?, afronté la pregunta dirigiéndome a cosas muy cotidianas para mi, software es la parte lógica de los computadores, son los programas, sistemas operativos, aplicaciones pequeñas le dije, luego mire la cara del hombre, estaba perdido, su rostro se descomponía por el misterio de las palabras que acaba de decirle, luego me pregunto con un tono un poco mas fuerte, quizás con un poco de frustración, y ¿que es un computador?, ¿Qué es un sistema operativo?, después de estas preguntas solo me detuve un instante para pensar, sus ropas excesivamente elegantes, la sumisión de su esposa, el vestido largo que llevaba, y la casa, esa casa tan parecida a la mía pero decorada tan rústicamente, entonces alce la mirada hacia las paredes de la habitación en busca de las luces, solo había candelabros, no pude contener mi asombro y dije en voz alta, ¡diablos, no hay luz eléctrica!, pero si la luz eléctrica en Colombia, llego aproximadamente a finales del siglo XIX, lo que quería decir que había atravesado alguna puerta y ahora estaba en algún punto de la historia. Interrumpí entonces el silencio que se había generado por mis ultimas palabras de asombro y dije: señor quiero hacerle dos preguntas antes de continuar con esta conversación, la primera es ¿Cuál es su nombre?, y la segunda en que año estamos, seguido de esto me contesto con cierto recelo, me llamo Pedro de la Cuesta y estamos en el año 1780, sentí como si hubiera recibido un balde agua fría, perdí el equilibrio, sentía que me desmallaba de nuevo, Pedro me indico que me acostara un rato en el sofá grande e insto de nuevo a su esposa para que trajera las bebidas, de repente escuche los gritos de una niña, decía que quería su muñeca roja, es mi hija pequeña dijo Pedro, su nombre es Adela, claro todo se hacia mas y mas claro, todo se enlazaba, estábamos viviendo en el mismo espacio, y el tiempo había estado confluyendo a cada instante, de repente sentí como las fuerzas me abandonaban, se estaban filtrando por las manos y las piernas, sentí como me sudaban las manos, mi visión se volvió borrosa, la cabeza me daba vueltas y entonces perdí el conocimiento nuevamente.

Capítulo 6, Pedro de la Cuesta

Otra vez estuve inconsciente y otra vez no supe por cuanto tiempo, no sabía en que lugar me encontraba, solo recordaba que la sed me llego de repente y se hacía cada vez mas fuerte, aun veía borroso, no podía enfocar bien mi vista, todo era muy confuso, pero recuerdo esos ojos negros mirándome desde un costado, recuerdo ese brillo en su mirada, recuerdo esa piel blanca que parecía translucida y como sus mejillas se enrojecían por un rayo de luz que se colaba en la habitación en la que me encontraba.

Entonces recordé la conversación con Pedro, mire a mi alrededor y reconocí el lugar en el que estaba, reconocí ese sofá en el que me encontraba acostado, y en esa labor de reconocimiento de mi propia existencia la vi, era una mujer con labios gruesos, de cabello negro largo y brillante, parecía que en el se encontraran estrellas destellando a cada instante, su piel era blanca y suave, su rostro era perfilado y delicado, tenía la nariz mas simétrica y delgada que halla visto en mi vida, las cejas eran pobladas pero no lo suficiente para opacar esos ojos negros tan ardientes, tan llenos de vida que parecían fuego a pesar de esa negrura, era delgada, sus senos no eran muy grandes, ni muy pequeños, se ajustaban al vestido que haciéndolos ver perfectos, su cintura se curvaba en sus caderas como si se tratase de una obra de arte, traté de preguntarle algo pero su belleza me había dejado sin aliento, no me salieron palabras, entonces ella grito ¡papá, papá ya despertó!. De repente entró Pedro en la habitación, David que bueno que despertó, me dijo, entonces ordenó: Elisa tráele el agua al señor por favor, así que el nombre de la belleza, de lo perfecto es Elisa pensé.

Cuando me tomé el agua y me senté nuevamente, escuché con atención la presentación que me hizo Pedro de su hija Elisa, ella es Elisa de la Cuesta, mi hija mayor, tiene veintitrés años, y en tono de broma dijo: no tiene marido por que en la región nadie se atreve a pedir su mano a un arquitecto español y lanzo una breve sonrisa, ella respondió casi con un grito ¡papá!, en tono de reclamo.

Una vez me hallé repuesto, en mayor parte gracias a los ojos de Elisa que al agua que me había traído, Pedro ordenó a su hija abandonar el estudio y me dijo: ahora si señor tenemos que seguir tratando el tema que estábamos revisando antes de que perdiera el conocimiento. Me acomodé bien y pregunté ¿en que habíamos quedado?, usted me había explicado en términos desconocidos para mi, sobre su profesión, me preguntó mi nombre y el año en el que estamos y luego perdió el conocimiento, si pues vera, no se como decirle esto, vivimos en la misma casa, hemos estado compartiendo el mismo espacio pero con siglos de diferencia, mi profesión aun no ha nacido en esta época, por eso los términos que utilice para explicarme no fueron suficientes, esperaba ver a Pedro aun mas desconcertado, pero se notaba demasiado tranquilo, pasaron unos segundos de silencio, entonces habló, y la herida de bala ¿fueron los del triangulo? , asentí moviendo la cabeza. Me han encontrado, dijo con la voz resquebrajada. Vamos a hacer esto: usted será maestro en casa de mis hijas, les enseñará matemáticas y español, espero que las matemáticas de la época que viene sean mas avanzadas que las nuestras, así, permitiré que viva en el tercer piso, mientras mantenemos esta trama, tenemos que investigar, si lo están siguiendo, y como parar el triangulo. Hace mucho tiempo encontré en estas tierras un material que pensé me hacía invisible para ellos, pero por lo visto no es así, se detuvo un instante y dijo: pero antes de continuar, tengo que saber cuanto sabe, y así poder hacerme una idea desde que parte tengo que contarle. Esta bien le dije y empecé contándole como había accedido a la compra de la casa, le conté cada evento, cada ruido, cada grieta que salió en la casa después de vivir en ella, le conté de los documentos que el había guardado en el tercer piso y que yo había encontrado, junto con los elementos de Euclides, ética demostrada según el orden geométrico y la teoría de la relatividad general de Einstein, cuando le nombré los garabatos y los dos libros me dijo: no recuerdo haber guardado nada en el tercer piso aun, además ¿Quién es Einstein?, solo conozco a Euclides y a Spinoza, a Euclides por mi formación como arquitecto, y a Spinoza por los escándalos de ateísmo que se le atribuyeron, lastimosamente sus obras siguen siendo muy controladas por la inquisición, por lo que no me he podido hacer con ninguna. Es comprensible, la teoría de la relatividad especial y general fue publicada en el año 1905, faltan aun ciento veinticinco años, le dije. Entonces ¿quien pudo guardar esos libros?, desde esta época no tenemos acceso a ese conocimiento. Esta bien, después pensaremos como es que llegaron esos libros a mi época, ahora que ya sabe lo que se, que mi herida de bala fue por culpa de los matones del triángulo, que me puede decir acerca de usted.

6.1. España y la santa inquisición

Pedro se aclaró la garganta y empezó: el triángulo como sabes por esos garabatos que encontraste, es una organización que vigila el orden social en el mundo entero, para ellos es clave que siempre exista un imperio por encima de las demás naciones orquestando un idioma de poder, homogenizando culturas y creencias, pero creando divisiones sociales, suficientemente sutiles para que los estallidos no se den a menos de que el triángulo así lo requiera, su objetivo es en resumen alimentarse de la desesperación humana, y para eso dosifican las guerras y la desesperanza, ahora procederé a contar mi historia dentro del triángulo, y como esa historia me lleva a vivir una vida modesta, aquí en América, una vida alejada de las metrópolis europeas:

Todo empezó hace treinta años, acababa de terminar mis estudios en la universidad de Alcalá en Madrid cuando fui contratado por una especie de asociación empresarial, o eso creía. Ellos necesitaban una construcción, muy, muy especifica, que iba ser usada como lugar de reunión y administración de sus sedes, al menos eso fue lo que me dijeron. Ellos tenían todos los cálculos y los diseños, lo único que hice fue dirigirla realmente, no me sentí humillado pues era una época difícil, mi familia proviene de Burgos, no somos acaudalados pero tampoco pasamos necesidades, y gracias a que mi padre realizó buenas inversiones en algunos viajes a las indias, pudimos llevar una vida mas cómoda y pagarme mis estudios en arquitectura en la gran ciudad, con todos esos esfuerzos apenas tenía para comer y dormir en una habitación oscura, pequeña y fría, por lo que el pago que me ofrecieron desde esa asociación era suficiente para tragarme mi orgullo de arquitecto.

En España, especialmente en Toledo y Madrid se estaban construyendo edificios con arquitectura barroca, las construcciones básicamente se formaban con curvas, elipses y espirales, algo que fue totalmente contrariado por estos diseños que me entregaron, tenían muchas líneas rectas y figuras triangulares, era una construcción muy al estilo gótico del norte de Europa, pero mucho mas oscura. La explicación que dieron cuando me enseñaron los diseños pareció mas un rezo religioso, algún versículo bíblico, o una cita de un libro de filosofía mezclado con mitología, en esta explicación supuestamente la geometría es una representación sagrada del universo, los triángulos como explica Euclides en los Elementos, se pueden demostrar a partir de una línea recta AB y un punto fuera de la misma, lo que finalmente forma tres líneas rectas, las cuales se interceptan entre sí, líneas que si has estudiado la geometría euclidiana sabes que están compuestas por infinitos puntos, para ellos estos puntos simbolizan una representación de espacio, tiempo. En cuanto a las tres líneas significan tres tiempos: pasado, presente y futuro. Estos tiempos siempre se interceptan entre ellos en algún punto perteneciente a las diferentes líneas, formando infinitos triángulos, ejemplo hay un punto hoy que se intercepta con el futuro y a su vez con el pasado y estos tras puntos hacen parte de tres líneas que forman un triangulo.

El edificio que querían, era una especie de ofrenda o santuario, en su totalidad constaría de tres pisos, el tejado era en una pirámide de base rectangular y la primera y segunda planta formaban un rectángulo, que al unirse al tejado creaban un prisma triangular, algo bastante grotesco para la arquitectura española, la puerta principal era un triangulo equilátero con tres ángulos de 60°, esta se abriría de par en par, las manijas serían triángulos invertidos de bronce ,en el frente habrán cuatro ventanas grandes en forma de triangulo, dos por piso, las cuales se abrirían de la misma forma que la puerta, en el bosquejo de la construcción esas ventanas se asemejaban como a cuatro ojos de lagarto, al entrar se encontraba un salón principal, el cual tendría iluminación natural por los ventanales rectangulares que se extendían en los costados, además de las ventanas de lagarto, al continuar avanzando se encontraría un pasillo que al finalizar llevaría a una cocina y en el intermedio se encontraba al lado izquierdo el comedor, el cual tendría forma de un triangulo equilátero, del lado derecho se encontraba una librería, las escaleras que llevarían al segundo y tercer piso no podrían tener forma de una espiral, ellos querían que se formaran ángulos de 60° con cada piso de arriba.

En conclusión, fueron suficientemente claros para hacerme la idea de que estaba tratando con alguna secta ocultista y que si hablaba con la inquisición podría ser juzgado de igual manera, por eso no quise hacer nada que me pusiera en riesgo. Solo quería recibir el pago y terminar mi trabajo.

Después de trabajar el primer año en la obra, ellos empezaron a trasladar algunas funciones al nuevo edificio, recuerdo muy bien que una noche fría de noviembre me quede hasta tarde trazando diseños utópicos para una ciudad moderna. Estaba en mi oficina cuando escuche gran cantidad de apresurados pasos, entreabrí la puerta y no logre ver nada en el pasillo, por lo que decidí salir hasta el balcón del salón principal, ese tenía vista a la entrada, ahí pude ver como entraban gran cantidad de personas todas con capas rojas y en la espalda un bordado de un triangulo negro, y los tres puntos de intersección resaltados con amarillo, el de la punta de arriba con unas líneas, como ilustrando al sol, cada uno de ellos llevaba un anillo en su mano derecha con un triangulo equilátero.

En la primavera del tercer año de mi trabajo para el triángulo, mas o menos por el 4 de abril de 1753, la construcción encomendaba tenía buen avance, pero la arquitectura que se hacía visible causaba cierta impresión a quienes de casualidad se topaban con ella. El que hablar de la gente tardó en llegar debido a que la edificación se encontraba muy lejos de la zona poblada, pero, aun así, aumentaba el chismorreo, hasta que llego a oídos del inquisidor Fernando García Encargado de Madrid.

Fernando García era un hombre frio, déspota y con una agilidad mental y de palabra tal que hacia que las personas en su juicio se quebraran en menos de cinco minutos, cuentan que en una reunión con el rey de España, este insinuó que la iglesia debía respetar las decisiones del rey sobre el uso de recursos obtenidos de América, a lo que el inquisidor sin dejar pasar ni tres segundos respondió: si Dios te ha coronado mi rey, Dios te ha de quitar la corona si así lo dispone, bien se que Dios esta en los cielos, pero en la tierra estamos nosotros, sus representantes, su casa, sus siervos, pero también su espada. El rey quedo frio y no respondió a sus palabras, Fernando y su prepotencia se impusieron sobre el rey mas poderoso del mundo.

Volviendo a mi lío con Fernando, lo primero que hizo fue averiguar quien había sido el arquitecto que se encargaba de guiar la construcción, no se como supo de mi, ni como supo donde estaba viviendo, pero hasta allá me llego una carta con su sello requiriéndome en entrevista para conocer detalles del edificio.

Entré en una habitación con una luz natural muy tenue, las paredes eran de un ladrillo corroído, el color era como un naranja desgastado, mientras que el piso tenia una especie de cerámica color naranja, mucho mas oscura que el ladrillo, al pasar por la puerta de madera, en frente de la habitación estaba un estrado donde se encontraba Fernando en el centro, a cada lado había un inquisidor de menor rango. Los guardias me llevaron hasta el frente de ellos, justo en el piso había una tablilla donde me hicieron arrodillarme, la entrevista comenzó con mi juramento a Dios y al rey de España, luego me preguntaron sobre la religión católica, la voz por momentos se me quería quebrar, no puedes imaginar el miedo que provocan los ojos de Fernando y de los demás verdugos de Dios, supongo que buscaban asegurarse de que era un fiel y no un hereje, seguido de esto, sin si quiera darme un descanso, sin poder respirar y calmar mi miedo me solicitaron información del edificio, Fernando García quería saber como se me había ocurrido tan pintoresco diseño, buscaba que le hablara de mis sueños, o de voces del mas allá, pero la verdad era mucho mas simple, así que le conté absolutamente todo, sin guardarme ni una sola cosa acerca del diseño, cálculos y proyecciones, no tenía opción de ocultar algo y menos valor para si quiera intentar crear una sola mentira.

La inquisición y la iglesia católica finalmente si son la representación de Dios en la tierra, pues Dios termina por convertirse en una imposición de realidad, la vida se llena de azares, unas veces son crueles y otras benefactores, pero siempre te demuestran que estas en las manos de un poder superior a tu libre albedrío, eso hace la inquisición, te someten con el miedo a las peores torturas, te muestran que les perteneces y que te pueden juzgar en nombre de Dios, por eso resulta mejor aceptarla todo lo que provenga de la inquisición.

Una semana mas tarde después de mi entrevista, una noche desolada en la que andaba sin rumbo teniendo uno de tantos sueños despierto que tienen los jóvenes, fui abordado por tres hombres armados, llevaban una capa que les cubría las cabezas y sus ropas eran grises, no tenían ningún escudo de armas que los identificara, me pidieron que me detuviera con bastante aspereza, de mi boca salieron palabras involuntarias: ¿y que mas puedo hacer?, les dije y me detuve, de las sombras apareció un hombre encapuchado, se bajo la capa y un haz de una antorcha que danzaba por el viento en ese preciso momento le ilumino el rostro, era Fernando, ¿Por qué me buscaba de esta manera? Y ¿por que a esta hora?, el terror invadió cada parte de mi ser. Entonces Fernando me hablo con ese tono insultante, con esa superioridad de siempre: Veras Pedro, no soy un hombre que deje las cosas empezadas, y la verdad hay algo que me intriga de estos clientes suyos me dijo, era imposible no leer su insistencia en saber, quería saber sobre sus aspectos físicos, y si poseían detalles religiosos como cruces o pinturas en el edificio; estando entre la espada y suponiendo en ese momento que el triangulo era la pared, cosa que mas tarde podría saber que no era cierto, pues mas parecían ser los dos, espadas, punzantes, amenazantes, móviles y activos; le pedí ayuda a Fernando con la voz resquebrajada por el miedo, en ese momento mas a él que al triangulo. Esperaba que mi fe católica no hubiera sido cuestionada después de la entrevista, y confiaba en que el poder de la inquisición y la santa iglesia pudieran protegerme de la desconocida organización y de ellos mismos si les ayudaba.

Le dije que hacían reuniones bastante extrañas, que no había conseguido ver exactamente que hacían, le conté que usaban unas capas rojas con las que entraban al edificio como si se tratase de un símbolo ritual, Fernando entonces me dijo: tengo un inconveniente en la inquisición, los inquisidores que viste a mi lado son Camilo Vargas y Felipe Montoya, cuando solicité el espacio para realizarte la entrevista, ellos dos trataron de persuadirme de que no era necesario, que ese edificio no tenía nada raro, solo que sus dueños al parecer estaban impresionados con la arquitectura del norte de Europa y además que eran admiradores de la geometría usada por los Japoneses, esto planto en mi una semilla de desconfianza, quizás en la inquisición hay infiltrados, por eso escogí tres de mis hombres mas leales para que te vigilaran esperando el momento perfecto y después yo poder hablar contigo con mas calma. Te advierto que ya has trabajado suficiente tiempo con ellos como para que tu alma halla sido devorada o manipulada por algún demonio, por tal razón si te quedaras en Madrid podrías sufrir el mismo juicio divino que tus patrones han de recibir, por eso te ofrezco un viaje a América, tus pertenencias las cambio en oro para que puedas llevarlo mas cómodamente, tendrás un paz y salvo por parte de la inquisición, y a cambio me ayudaras a descubrir a que nos enfrentamos, para eso esto vamos hacer: en un mes, después de que tu caso sea olvidado, después de que los posibles espías herejes infiltrados en la inquisición se relajen, nos esconderemos en tu oficina para esperar la reunión y ver de cerca que es lo que hacen y quienes son, después de comprobar su herejía, buscaré la relación con Vargas y Montoya, mientras, los voy a alimentar con información falsa, si es el caso de que repentinamente se sienten interesados en lo que hace su superior, apenas tenga las pruebas de dicha conspiración, les hare ejecutar por traición, yo mismo ordenare la ejecución de cada uno de los herejes, y de los traidores, también se hará la incautación de todos sus bienes.

Como Fernando me dijo, meses después fue interceptado por uno de sus hombres, era una fría noche de martes, el hombre de un aspecto tosco y un aliento bastante desagradable me guio a una oscura oficina en el centro de Madrid, en esa oficina estaba Fernando, se veía muy demacrado, sus ojos no brillaban de fuerza y prepotencia, ahora se veían apagados, parecía haber tenido una lucha muy fuerte.

Siéntese, me dijo bastante seco Fernando, me acerque a unas viejas sillas de madera que se encontraban en frente de un polvoriento escritorio en el que el se encontraba leyendo una pila desordenada de documentos. En la santa inquisición hay un pulso de poderes bastante agobiante, interrumpió Fernando el silencio sepulcral de la pequeña y sucia habitación, pero por Tomás de Torquemada que voy a destruir los traidores, voy a quemar a cada hereje que se interponga en el sendero de Dios, seguido de esto apretó los dientes con impotencia.

Mire Pedro, para mi sorpresa encontré bastante documentación oscura dentro de lo que custodiamos en la iglesia, al parecer hemos sido infectados desde la base, en especial encontré dos cartas entre dos obispos, Alexandre Dubois ubicado en Francia y Noah Meijer en Holanda, en la primera carta que tiene como destinatario a Meijer, Dubois le dice que el listado sagrado, que contiene el nombre de todos los santos ha sido enviado, es cierto que nosotros poseemos una lista de santos, la cual se alimenta con la canonización, pero investigué si nosotros enviábamos esa lista de un lugar a otro, pues, solo se agrega un santo al canon en un acto papal y esta lista no sale nunca del vaticano. En la segunda carta que tiene como remitente a Meijer, este le dice a Dubois que los preparativos se están realizando a la perfección en Madrid, además le dice que ya tienen el inoculador de desesperanza traído desde el

Cairo y listo para ser usado. Esta ultima carta me motivo a viajar al Cairo. Ese inoculador en un pergamino que encontré en mi visita es descrito como el contenedor de energía divina. Con estas cartas, y ese pergamino que se encontraba en manos de la Diócesis del Cairo, solo puedo decir que no tengo idea cuantos de los que creo acérrimos a Dios y a la santa iglesia católica tienen el corazón corrupto por la tentación de satanás, lo que si se es que ellos tienen dos cosas que me darían el poder para destruirlos, cuando Fernando terminó esas palabras el brillo en sus ojos volvió, parecía que le ardieran de dentro.

Ponga Atención por que según los documentos estos dos objetos migran con ellos, si, ellos se están moviendo constantemente, siempre trazando una especie de figura geométrica demoniaca, lo pude constatar en una bitácora de viaje que se encontraba en el pergamino con información del inoculador de desesperanza, y con esa figura que trazan en los mapas destruyen sociedades, las arruinan, causan guerras internas y externas, finalmente recogen su cosecha de energía maligna, la cual les otorga longevidad y quien sabe que otras cosas mas. Como le estaba diciendo estos dos objetos me van a dar el poder para destruirlos por que el primero es un documento que contiene la identificación real de cada uno de esos herejes, con esto se aseguran de no permitir que nadie pueda delatar sus mas enraizados y enfermizos rituales. El otro objeto es el mas importante, se trata de una especie de prisma triangular del tamaño de un brazo de un hombre adulto, este objeto almacena energía negativa desatada por la desesperación humana, puede almacenar miles de millones de gritos y lamentos, y los puede contener por siglos, ese objeto es el que usan para alimentar sus vacías vidas. Si me apodero de ese objeto acabo con su longevidad casi inmortal, algo que debería estar reservado únicamente a Dios, y con la lista que contiene las identidades de cada blasfemo, los buscare, entonces, habrá juicios como nunca ha habido antes, el nombre de Dios será purificado.

Esto vamos a hacer: en horas de la madrugada del viernes próximo usted entrara como lo hace siempre para su trabajo y yo entrare con usted, al finalizar la jornada, usted fingirá que se va y mientras me esconderé en su oficina, después entre los dos buscaremos estos dos objetos por toda la construcción, quiero que recuerde los planos y la información arquitectónica que le fue entregada, dígame en que posibles lugares podrían estar estos objetos, de esa manera encontraremos los objetos mas rápido si nos separamos. Con la voz quebrada y temblorosa por el miedo, le pregunté: ¿y si nos atrapan?, ¿y si nos tratan de asesinar?, Fernando de inmediato respondió con mucha seguridad, no pasara nada por que llevare tres hombres armados para que estén por los alrededores, si algo llegase pasar, hare una señal sonora para que irrumpan en el lugar.

Como Fernando decía que se hicieran las cosas, así se hacían, y ahí estábamos los dos en mi pequeña oficina el viernes, contando que pasaran las horas para salir a buscar el talón de Aquiles de este culto. Llego el momento en que todos los empleados se fueron y quedamos solos Fernando y yo, además de cuatro sectarios que se encargaban de limpiar y cuidar la edificación. Seguí el libreto que había planificado anteriormente con Fernando, apagué la vela de mi oficina y me dirigí a la puerta principal, verifique que no hubiera nadie cerca, abrí la puerta y de un grito me despedí de los sectarios, seguido de esto la cerré haciendo como si en realidad hubiera salido, entonces subí por las escaleras en puntillas de nuevo a mi oficina, procurando no hacer ningún ruido. Fernando y yo esperamos durante unas horas, casi que, conteniendo la respiración, después de que cesaron los sonidos de pasos, de cierres y aperturas de puertas, salimos con toda la precaución posible en busca de esos objetos que me darían libertad y revancha a Fernando.

Buscamos por una hora en toda la primera planta sin ningún atisbo de éxito, cuando de repente escuchamos como se abría la puerta principal de par en par, y de repente el edificio se llenó de un murmullo ensordecedor, en ese momento me encontraba en la cocina y corrí rápidamente a la biblioteca donde se encontraba Fernando, el se escondió detrás de unas cortinas de color purpura y verde que ponían alrededor de unos libros de “importancia”, o al menos eso me dijeron cuando pregunté sobre el pintoresco adorno. Yo me tire debajo de un escritorio que se encontraba en el extremo contrario a la puerta de acceso a la habitación, escuchábamos como el murmullo aumentaba de volumen y como los pasos se hacían cercanos, de repente un olor nauseabundo invadió la biblioteca, olía como a pescado descompuesto; entonces escuchamos como se abría el acceso a la biblioteca y le sucedieron los pasos de una multitud, alcance a escuchar un goteo y por un lado entre la oscuridad pude reconocer tres cuerpos totalmente rendidos e inmóviles en las manos de unos ocho o nueve sectarios, todos encapuchados, en medio del palpitar de las velas que ellos cargaban era imposible descifrar sus rostros, el corazón me empezó a palpitar muy fuerte, miré hacia las cortinas donde se encontraba Fernando y pude notar como entre las telas purpuras y verdes su rostro se palidecía, después de leer su expresión supuse aterrado que esos tres cuerpos eran de sus hombres, quienes supuestamente iban a ser nuestra protección en caso de que la situación fuera de vida o muerte.

Los sectarios hablaban en una mezcla de lenguas, a veces se entendían algunas palabras de castellano y otras eran parecidas al latín, las demás fueron incomprensibles para mi, lo mas aterrador de lo que alcance a entender fue que necesitarían desesperación para hallar otros puntos, y se agota el tiempo, fue lo ultimo que entendí.

De repente uno de ellos toco debajo de un escritorio y el piso se hundió, formando una especie de escalera, cuando los sectarios hubieron bajado por ellas y las sombras inundaban de nuevo la habitación me dirigí a las cortinas donde se encontraba Fernando, en voz baja llamé su atención y le dije: vámonos rápido antes de que regresen, Fernando con la voz temblorosa me respondió: ya casi los tengo, abrió la cortina y me mostro en su mano un libro, mientras se le dibujaba en el rostro una sonrisa triunfal, que es eso le pregunté, la lista de nombres que estábamos buscando, estuvo aquí cubierta por estas horribles telas todo el tiempo, esta bien ahora vámonos le insistí, no, aun no, me dijo, tenemos que recuperar el objeto que los mantiene vivos. Sigamos esas escaleras y veamos a donde nos llevan, me negué enérgicamente, Fernando, nos van a matar si seguimos aquí le dije, y Fernando entonces me amenazo, si se va yo mismo haré que lo torturen por encubrimiento de demonios, le aseguro que la muerte que halle aquí no se compara con la que yo le puedo ofrecer.

Dicho eso no tuve mas remedio que seguirle, nos adentramos en las escaleras secretas, escaleras que no estaban en los planos que conocía, al bajar estas escaleras encontramos una especie de túnel, la técnica usada en este túnel era impecable, todo era demasiado simétrico, y del techo bajaba un material transparente, como formando cortinas infinitas, el material era como una especie de vidrio pero blando, bastante flexible, además impregnaba el lugar de un olor bastante extraño, en el inicio del pasadizo había una luz blanca muy tenue y a medida que avanzábamos entre las cortinas transparentes, esta luz se hacía mas y mas intensa, hasta el punto de asemejar el día, cuando llegamos a la parte mas brillante el pasadizo, este se ampliaba y se convertía en una gran habitación, en el techo habían unos triángulos que irradiaban luz, eran como una especie de mini soles, el piso era liso y blanco y las paredes eran tan blancas que parecían ser también fuente de luz, habían tres puertas equidistantes y contrarias, formaban un triangulo, una de las puertas era por la que habíamos llegado, las otras dos seguían siendo un misterio, mientras examinábamos la habitación fue imposible no ver los rastros de sangre en las blancas baldosas, sigamos las marcas sugirió Fernando, y así lo hicimos, travesamos la puerta que nos señalaba el reguero de sangre, caminamos con cautela pero sabiendo que ante tal explosión lumínica éramos un blanco fácil, no teníamos donde escondernos, al salir de la habitación encontramos otras escaleras para bajar aun mas, Fernando, estamos acercándonos al infierno, susurre con la voz temblorosa, pareció no haberme escuchado y continuo concentrado en su justicia, después de que bajamos las escaleras nos encontramos con un pequeño pasillo de baldosas verdes, y las paredes ya no estaban pulidas como las anteriores, eran rugosas y pintadas con un color verde claro, era bastante nauseabundo, y la luz había disminuido bastante.

Con cada paso que dábamos, se hacía mas intenso el olor a pescado descompuesto, cada vez escuchábamos mas fuerte los murmullos, y entonces caminábamos con mas cautela, cada vez nos agachábamos mas y mas. Hasta que por fin llegamos a la entrada del nuevo salón, este salón parecía una especie de teatro, en el centro había una especie de escenario triangular y luego estaban las sillas que se distribuían entorno de su andamio. Las ocho o nueve personas estaban muy cerca al escenario, tres de ellos sobre el escenario y los demás en las sillas cercanas, nosotros entonces nos agachamos entre las sillas y nos acercamos lo suficiente para escuchar que discutían. Una de las personas que estaban en el escenario dijo en castellano: usemos estos tres como energía para recuperar nuestro camuflaje, aun falta demasiado para completar el llenado de *nostra vita aeterna*, seguido de esto se descubrió la capucha y la cara era arrugada y de un color verdoso, sus ojos aunque parecían humanos eran de color amarillo,no poseía nada de vello y de la boca le sobresalía un colmillo superior, imitándole los demás se bajaron la capucha, descubriendo en todos esa piel verdosa, esa nauseabunda apariencia, seguido de eso quien había tomado el liderazgo de la situación camino hasta un sitio en particular del escenario y luego dio un pisotón contra suelo, inmediatamente el piso empezó a temblar, entonces del centro del escenario emergió una plataforma que sostenía un mostrador de cristal en forma de prisma triangular y dentro había un prisma triangular mas pequeño, casi del tamaño de un brazo humano, tal y como había dicho Fernando anteriormente, ese debía ser el dispositivo que estábamos buscando. El hombre o animal que estaba liderando la situación puso la mano sobre el cristal y este se abrió sin romperse, es como si se hubiera encogido, era algo irreal; entonces tomó el dispositivo y todos los presentes pronunciaron unos sonidos ininteligibles para nosotros, seguido de esto de el dispositivo empezó a parpadear una luz verdosa y este individuo apunto el aparato hacia los hombres de Fernando, de repente la luz verdosa dejo de parpadear e ilumino continuamente el espacio donde se encontraban los hombres, los tres empezaron a despertarse como tomando conciencia, y entonces los demás integrantes de la secta subieron al escenario rodeándolos, y de sus batas sacaron todos unas espadas alargadas, seguido de esto uno a uno apuñalaron los hombres de Fernando, los alaridos eran aterradores, la sangre salpicaba por todo el lugar y la luz verdosa que señalaba el lugar de los tres hombres parecía hacer un ruido un poco molesto, como el de un molino, y de ese espacio iluminado surgió una especie de humo rojizo, el cual se arremolino hacia el dispositivo, una el dispositivo hubo tragado el humo, los alaridos cesaron, los hombres habían muerto, pero los sectarios impregnados de sangre, no paraban de apuñalar los cuerpos inertes, mientras esbozaban una mueca macabra de placer.

Cuando pararon de apuñalar los cuerpos ya inertes, estas bestias antropomorfas, se reunieron en un lugar del escenario, el líder volvió a poner el dispositivo en la base pero apuntando a los sectarios, y corrió para acompañarlos, entonces volvieron a pronunciar un rezo ininteligible, la luz verdosa que atestiguo la tortura de esos tres hombres no salió esta vez, la luz que ahora cobijaba a estos asesinos era blanca, y del dispositivo salió ese humo rojo que ahora se arremolinaba en cada sectario, de repente sus pieles se alisaron, y les empezó a salir bello, los colmillos se encogieron y sus pieles perdieron el verde nauseabundo para convertirse en pieles humanas, en ese momento Fernando me apretó el brazo derecho y dijo en un hilo de voz que parecía quebrarse con cada palabra: ahí están Vargas y Montoya, tardé un buen rato en reconocerlos, pero si eran ellos, los inquisidores que estuvieron en mi audiencia.

Esperamos aproximadamente una hora, discutieron un rato, recogieron los cadáveres y se marcharon como si nada hubiese pasado, mientras Fernando y yo seguimos agazapados entre las sillas unos minutos mas, así el silencio se hubiera apoderado de la habitación seguíamos con el corazón latiendo muy fuerte y al menos yo, sentía un temblor constante en las piernas como nunca había sentido. Fernando sugiero que subiéramos al escenario en busca de ese dispositivo, pero permanecí inmóvil, pálido y aturdido. Entonces Fernando se movió con agilidad entre las sillas, aunque su rostro también expresaba el terror que yo sentía, lo veía alejarse con impotencia y bastante miedo, el caminó por el escenario y zapateó en varios lugares, buscando activar el mecanismo que anteriormente había activado aquel monstruo.

Después de varios intentos consiguió activar el mecanismo, me parecieron que transcurrían horas mientras este sacaba a la luz el dispositivo, mis nervios aumentaban con mas fuerza en cuanto este se asomaba lentamente. Fernando impaciente, lo tomo antes de que terminara de salir el mostrador que lo contenía, zapateó de nuevo y corrió hacia el lugar donde estaba escondido. Teníamos los dos objetos que necesitaba Fernando para destruirlos, solo nos quedaba salir de allí con vida.

6.2. América

Apenas si logramos escapar de ese lugar, en las noches siguientes me fue imposible conciliar el sueño, nunca mas volví a ese monstruoso edificio, y después de vender lo poco que tenía en tan solo tres días, fui a visitar a Fernando para pedir mi paz y salvo y las instrucciones para iniciar mi nueva vida en América. Lo encontré aun peor de cuando me contó sobre el plan de obtener los instrumentos para destruir aquellos monstruos. Te tienes que ir, me dijo apenas me vio, ya tenía todo listo, el paz y salvo, un contrato para trabajar en América como arquitecto de la iglesia y las escrituras de un pequeño terreno cerca al lugar donde iba a trabajar, su nerviosismo era desconcertante, ya deberían estar torturando esos herejes ¿por que no esta tranquilo? Pensé.

Entonces después de unos segundos de tenso silencio me dijo: veras Pedro, he sido derrotado, la lista que poseía la entregué a mis superiores, quienes pensé que eran siervos de Dios, pero resulta que fue cambiada, y me fue notificada una entrevista, que mas bien será un juicio, pues mi nombre esta en la lista nueva, además de mi aparecen otros nombres que conozco como muy acérrimos a Dios, hombres con los que hubiera podido contar para la cacería de brujas que teníamos en nuestras manos, entonces se me enjuiciara como hereje, y de seguro moriré, pero seré un mártir, no temo a la muerte, las fichas están en movimiento, y ya he realizado un par de ellos, tu eres uno de esos, cuando estés en el puerto se te entregara un objeto, guárdalo hasta que alguien de mi entera confianza te contacte, cuando lo haga quizás yo este muerto. Ahora ¡sal de inmediato!

Mientras salía vi como unos guardias lo capturaban y lo llevaban con las manos atadas a la espalda. Como Fernando dijo, el dispositivo me fue entregado en el puerto y desde entonces no supe mas acerca de él ni de Fernando.

Fueron tres tortuosos meses en ese barco, al desembarcar en Cartagena, compre de inmediato un caballo, y provisiones para adentrarme en las montañas, apenas si descanse un día antes de partir hacia Santa Fe de Antioquia, donde iba a ser Arquitecto encargado, nombrado por el mismo Fernando García, el viaje fue aun peor que los tres meses en barco, el clima era cambiante, unas trochas tan secas como un desierto y otras pantanosas y pegajosas, viajé muy ligero, solo con el dispositivo de los sectarios, algunas provisiones para alimentarme y supuse comprar algo de ropa nueva en Santa Fe de Antioquia, por lo que todo el trayecto estuve con los mismos harapos sucios.

Esta es mi simple y plana historia en América, nacida de una turbulenta historia en España, quizás hasta catalogado como hereje por la corrupta inquisición, entonces es la historia de un hereje de la Nueva Granada. Desde que llegué no he tenido contacto con nadie del triangulo, ni con el enviado de Fernando, y simplemente hasta ahora pensé que mi vida tomaría un curso directo a la paz y la felicidad.

Capítulo 7, Ella

Después de pasados los dos meses de ser tutor de las hijas de Pedro, Elisa, empezó a aparecerse en mis pensamientos mas constantemente, empecé a admirar como tenía ideas que podrían ser revolucionarias hasta para mi tiempo, devoraba libros, y escribía ensayos constantemente, pero era muy celosa con ellos, nunca los mostraba a nadie, ni si quiera a su padre. Por otro lado, Pedro costeaba su afición por el conocimiento, siempre estaba encargando infinidad de libros desde España, tenían desde filosofía de Platón, Aristóteles, hasta clásicos como la Odisea y composiciones como Hamlet, Romeo y Julieta de William Shakespeare.

Por lo general siempre trataba de no entablar conversaciones personales con ella, pues siempre los nervios al estar frente a frente me llevaban a divagar entre palabra y palabra. Un día me encontraba bastante nostálgico, extrañaba mi tiempo, extrañaba mi familia, extrañaba la nicotina, eran mas o menos las once y media de la noche, ya todo se encontraba en silencio y la brisa se extendía por toda la casa, no aguanté el insomnio y decidí salir de la casa a tomar un poco de aire, me entretuve mirando hacia el cielo, nunca en mi vida había visto un cielo tan colmado de estrellas, me deje caer en la hierba de la parte frontal de la casa y fije mis ojos en el universo dejando que mi mente se adentrara en el infinito del cosmos, llevaba mas o menos quince o veinte minutos cuando sentí la puerta principal abrirse, me senté rápidamente y fije la mirada dirección al lugar de donde provino el ruido, entonces salió ella, era Elisa que me miró fijamente por unos segundos, en esos segundos vi como las estrellas del cielo se reflejaban en esos ojos negros. ¿Puedo acompañarte?, me preguntó con timidez, por supuesto asentí, nervioso y emocionado.

Entonces se tiro en la hierba junto a mi, y los dos nos quedamos mirando el cielo como viajando por las estrellas tomados de las manos, conversamos sobre todas las cosas que podrían mejorar el mundo, ella visionaba un mundo en el que la mujer tuviera mas protagonismo, en el que el ego humano no fuera el centro de todo, yo tenía muy poca esperanza al respecto, hablamos de posibles definiciones para Dios, soñamos con futuros posibles, irónicamente yo venía de uno de esos futuros, y así pasaron las horas, hasta que revise mi reloj digital, el único objeto que conservaba de mi tiempo y marcaban las tres de la mañana.

Desde esa maravillosa noche, Elisa y yo, todos los sábados en la noche nos encontrábamos para perdernos en la profundidad de las estrellas y de nuestras conversaciones.

Una de esas noches, la invité a mi cuarto para mostrarle algo que le había escrito, entonces entró y se quedó mirándome en silencio, con ese fuego negro de sus ojos, su respiración se hacía cada vez mas rápida, mi corazón latía como una locomotora, sin decir palabras me acerqué a ella, mirando esa fogata en sus ojos como con el impulso que siente un insecto por una luz resplandeciente. Mientras caminaba ese pequeño trayecto, ese espacio de universo que me separaba de ella, apagué la pequeña luz de una vela que tenía en una mesa improvisada de noche. Cuando todo quedo en la oscuridad me hice mas consciente de que solo estábamos ella y yo, que la existencia se había difuminado en la penumbra, que ahora solo iluminaba nuestro deseo, lentamente nos sentimos el aliento, nos sentimos fuego, acaricié con una mano su cabello negro y largo, mientras tanto la tomé de la cintura con la otra y la acerqué a mi como queriendo tenerla por siempre, nos besamos hasta mezclarnos en un solo ser, aun recuerdo como sentía su respiración en la mía, y como nuestros corazones latían al unísono.

Cuando estábamos en esa sintonía de pasión, inmersos en un frenesí de lujuria, nos vimos interrumpidos por Pedro que apresurado toco la puerta, tuve que contener la respiración por unos segundos y mientras tanto Elisa se escondió detrás de la puerta, Salí del pequeño cuarto y entre cerré la puerta, Pedro me dijo que teníamos que hablar, había encontrado un documento de sus trabajos como arquitecto que podría servir para curar las grietas del tiempo en la casa, mi mente seguía aún perdida en los labios de su hija, y con la voz entre cortada por la agitación le respondí que me alegraba mucho, que me contara, aunque Pedro noto mi mente divagando y quizás por eso después de un momento Pedro me dijo: David lo noto cansado mejor duerma, mañana continuamos y pensamos como hacer que regrese y como corregir el tiempo.

Después de haberme asegurado de que Pedro se había ido, entré y cerré la puerta muy despacio, cuando la puerta estuvo cerrada no tuve que buscar a Elisa, ella se me abalanzó y me dio un beso apasionado, entonces seguí recorriendo su cuerpo con mis labios y ella el mío con los suyos, fue una noche que mi cuerpo, mi alma y mi mente recordaran por siempre.

Después le entregué lo que había escrito, ese papel no lo recuperé nunca, pero era mas o menos así:

"Elisa, cuando estoy contigo siento como si el universo no importara, es como si el tiempo se detuviera, como si todo girara entorno a tu belleza, pero cuando no estoy contigo escucho que las estrellas me susurraran tu nombre, Elisa, desde que vi tus ojos negros y brillantes, desde que vi tu rostro deslumbrante sentí que por fin mi alma había encontrado su par, sentí que a mi vida había regresado los colores, Elisa poco a poco entraste en mi mente y en mi corazón, cada vez que miro al cielo te recuerdo, cada vez que hay silencio mi corazón se agita mientras mi memoria extraña tu voz, cada vez que estoy

alegre pienso en tu sonrisa, Elisa te querré hoy y siempre, se que el tiempo consigue separarlo todo, pero mi espíritu estará conectado al tuyo a través de las eras."

Al día siguiente me levante temprano para hablar con Pedro sobre el documento que me había comentado, me dirigí a su estudio y no se encontraba allí, entonces caminé por cruzando el patio interior hasta el comedor y allí encontré que sus hijas y su esposa ya estaban despiertas también, las salude como de costumbre y Elisa me lanzo una mirada tan ardiente como siempre, se me agitó el corazón y retire la mirada rápidamente para no delatar mis sentimientos frente a sus padres.

Lucía me ofreció el desayuno, no muy distante del desayuno típico de mi tiempo: huevos revueltos con hogao (es una mezcla de tomate y cebolla cocinados), chocolate batido y la infaltable arepa de maíz. El comedor era una mesa rectangular de diez puestos, a mi me ofrecieron la silla que se encontraba al lado de Elisa, en la cabecera se sentaba Pedro como líder de la familia y su esposa en el otro extremo, la pequeña Adela en lado izquierdo y Elisa al derecho, las conversaciones durante el desayuno estaban sucediendo corrientemente, Pedro no resaltaba ningún tema al respecto del triangulo y ningún miembro de la familia mencionó haber escuchado ruidos extraños provenientes de ese desborde de pasión entre Elisa y yo.

Antes de finalizar el desayuno sentí como el pie derecho de Elisa me acariciaba mi pie izquierdo, fue inevitable sentirme excitado nuevamente, mientras Pedro hablaba de que iba ir al pueblo en busca de nuevos libros y noticias para que la familia pudiera leer, Elisa puso su mano derecha debajo de la mesa y empezó a acariciarme, en ese momento solo deseaba hacerla mía y hacerme suyo nuevamente, parecíamos dos adolecentes sumergidos en ese amor intenso que solo es capaz de florecer en corazones jóvenes, pero entonces Pedro intervino diciendo que lo acompañara al estudio para que habláramos con mas tranquilidad sobre el preludio que me había dado en la noche anterior.

En el estudio me recibió sin preámbulos y como si recibiera un baldado de agua fría, me dijo: nos encontraron, David nos encontraron, quede pálido y el silencio se extendió por unos segundos, hasta que Pedro interrumpió con una afirmación y su explicación; si David, ayer durante la tarde estuve en el parque comprando algo de víveres cuando vi a dos sujetos que se esforzaban para mezclarse entre la población, dos sujetos que nunca antes había visto en Santa Fe, hasta ese momento nada era sospechoso, pero en sus manos derechas tenían un anillo con el símbolo del triangulo, creo que no me alcanzaron a ver, pero es muy posible que lo estén buscando, que sepan de la casa y que se están preparando para venir por nosotros. Con voz temblorosa le pregunte que apariencia tenían los dos y el me respondió: uno de los hombres es de estatura media, piel blanca, lampiño y bastante delgado, raya en lo desagradable y esquelético, el otro era un hombre mas alto y fornido, pareciera que era el guardaespaldas del primero. Es Martin Espinoza y el otro debe ser uno de sus matones le dije, y pensé para mi, quizás el otro es el infeliz que engatuso a mi esposa para destruir la casa desde su alma, desde el hogar, lo mejor es que vayamos lo menos posible para el pueblo le dije. Después de un tenso silencio Pedro dijo tranquilo, he hecho algunos rayones, al principio pensaba en que de alguna forma hay puntos en los cuales los tiempos se interceptan entre sí, abriendo puertas entre los distintos universos temporales, pero es algo descartable, debido a que sucedería en muchos lugares del mundo al mismo tiempo, debido a eso descarté esos rayones y me surgió una nueva hipótesis a cerca de lo que esta sucediendo, pienso que los viajes en el tiempo se deben al artefacto que Fernando robo al triángulo, vera cuando construí la casa antes de plantar las matas que ves en el patio central, enterré el artefacto a cuatro metros de profundidad, este debe haberse activado de alguna forma entrelazando los tiempos y confundiéndolos en uno solo, de ser así, debe contener una energía muy especial, quizás esta energía es usada por los integrantes del triángulo, entonces interrumpí de golpe y con la voz airada por el júbilo, dije: o sea que si destruimos el artefacto las grietas temporales se acaban, y sin esperar ni un segundo Pedro terminó con: pero usted quedaría atrapado en este tiempo para siempre.

Capítulo 8, La pérdida

Quizás quedarme en ese tiempo, al lado de Elisa no era tan malo, pero mi corazón se hacía pedazos al recordar los rostros sonrientes de mis hijos, al recordar sentir sus pequeños brazos aferrados a mi en esos abrazos que me mantenían fuerte y esperanzado, por que el acto de fe mas grande que pueda tener un hombre es la vida de sus hijos.

Después de mucho pensar, de tormentas de ideas entre Pedro y yo, decidimos que lo primordial era deshacernos de los bandidos del triangulo, después buscaríamos la forma de activar el artefacto, de esta manera regresaría a mi tiempo y allí destruiría esta tecnología demoniaca. Mientras tomábamos decisiones estratégicas por mi cabeza pasaba Elisa, ¿podría vivir en el futuro sin ella?

Así pues, decidimos ir al pueblo con mucha cautela por armas, provisiones, con esto planeamos una emboscada para esperar que el triángulo los encontrara y entonces deshacernos de ellos para siempre, por fin iba a vengarme de esos malditos, pensaba mientras se me revolvía el estomago, quizás de nerviosismo a causa de un oscuro placer.

Durante toda la tarea, anduvimos con sigilo, compramos lo necesario para deshacernos del triangulo y no nos encontramos con esos maleantes ni una sola vez, con alivio pensaba en nuestra exagerada suerte, ya que, en el siglo XIX, Santa Fe era muy, muy pequeño todavía, era casi inevitable que todos sus habitantes no se encontraran entre si.

Cabalgamos a toda prisa, como nunca lo habíamos hecho. Pedro y yo llegamos donde estaba su familia, estaban muertas, en el salón de la entrada yacían sus dos hijas y esposa, el se quebró de inmediato, mientras las abrazaba, las traía para si, como si su alma quisiera rescatarlas de la eterna oscuridad en la que ahora se encontraban sumidas, mis lagrimas brotaban incontrolablemente, solo pensaba en lo que tuvo que sufrir Elisa antes de dormir para siempre, en que nunca mas iba a tener el calor de su alma cerca a la mía.

Mientras sufríamos vi como un bandido golpeaba a Pedro al punto de dejarlo inconsciente, traté de reaccionar cuando sentí un ruido en mi cabeza y todo se hizo negro.

Desperté, no se después de cuanto tiempo, la boca me sabia a cobre y sentía la garganta seca, estaba en una habitación calurosa y rustica, al otro extremo pude vislumbrar la figura de Pedro, estaba en una silla amarrado a ella, entonces me hice consciente de mis propias ataduras.

Pedro, Pedro le grité, tratando de hacerlo consciente, pero a la vez intentando no llamar la atención de los integrantes del triángulo, en ese preciso momento una puerta de madera podrida se abrió lentamente, mientras chirriaban las bisagras, era Martin, con su repugnante apariencia, se acercó hacia el centro de la habitación muy despacio, mientras sostenía un vaso de agua en su mano derecha. Entonces descargó el vaso de agua directo en la cara de pedro, quien de un sobre salto abrió los ojos y lanzó un grito aterrador.

Ahora que están despiertos necesito saber algo, y les haré saber otras cosas, igual van a morir después de esto, lo primero es que nosotros no somos como ustedes, no somos una especie débil y sentimental, ¿especie?, ¿acaso no son humanos?, pensé. Verán nosotros vivimos en la tierra desde hace muchísimos eones, hemos visto como otras especies pensantes de la tierra han dejado de existir y nos hemos alimentado de sus desgracias mucho tiempo, nuestra existencia empezó con los dinosaurios, como era de esperarse en mundo dominado por reptiles, una especie entre esa clase debía desarrollar un raciocinio superior. Nuestros avances fueron muy parecidos a los suyos, pero nunca nos dejamos sumir en ese remolino sentimental que los invade, de todas formas, como todo lo que tiene un principio, estuvimos muy cerca de nuestra extinción, por los mismos motivos que ustedes van a estarlo, guerras, cambios en el planeta, contaminación y demás, pero el líder de la sociedad científica diseño un artefacto que podía además de extender nuestra vida indefinidamente, podíamos obtener características de otras especies que nos podían ser muy útiles, esas características podrían ser llamadas energía de vida, el problema es que para poder obtenerla teníamos que llevar los individuos hasta la desesperación. Lo bueno es que siempre tuvimos la ventaja evolutiva sobre todos los seres sobre la tierra. Solo una vez han tratado de acabarnos, fue muy prepotente y estúpido Fernando García al pensar que iba a poder actuar con tranquilidad, aunque llego a causar mucho daño alejándonos de el artefacto que nos mantiene vivos y entre ustedes, ahora se preguntaran por que es tan importante ese dispositivo para nosotros, pues nosotros también hemos tenido reorganizaciones jerárquicas y entre esas tuvimos que deshacernos del científico creador del dispositivo sin saber que él había eliminado toda información sobre este. Como ustedes pudieron darse cuenta, gracias al dispositivo podemos atravesar las eras, crear organizaciones y tramas burocráticas que los enfrascan a ustedes en un poder desconocido que los obliga a obedecernos y de vez en cuando nosotros desatamos situaciones que los llevan a tener una desesperación tal que nos permite vivir mas y mas siglos.

Ahora el tema estimados, dijo Martin con una macabra sonrisa en su repugnante rostro, necesito que me entreguen el dispositivo a cambio quizás los deje vivir en esta colonia, en este tiempo, con vigilancia, muy, muy eventual y de una vez me disculpo por las mujeres de su familia que tuvimos que asesinar, les aseguro que su muerte fue rápida, no hay necesidad de tortura sin el control del dispositivo, verán usamos el resto de energía en nuestros contenedores para viajar en el tiempo, y nos contactamos con los miembros del triángulo de este tiempo, revisando los documentos del difunto Fernando pudimos descubrir este sitio. No tenemos reservas, necesitamos el dispositivo.

Entonces Pedro levanto la cara con una mirada lúgubre y se rio con una carcajada oscura y llena de placer, entonces el rostro de Martin se descompuso en una mueca llena de ira.

Le dio un golpe a Pedro y mientras Pedro escupía la sangre le dijo: van a morir sin energía lagartijas, ese dispositivo morirá conmigo, entonces Martin me miro fijamente y me dijo: es una lista que Isabel, Laura y Daniel tengan un muerte lenta y dolorosa, van a sentir tanto dolor que imploraran una muerte rápida. Rápidamente tomé una decisión que iba a destruir mi vida pero que salvaría mi familia y destruiría las lagartijas. Le dije a Martin con tono de desesperación, esta bien le diré donde esta, entonces Pedro lanzó un alarido, no lo haga David, quizás su familia ya esta muerta no crea en estos desgraciados. Entonces Martin hizo un sonido y entró el otro tipo, me puso una venda en los ojos y me agarró las manos, tan fuerte que sentía que se me iban a partir los huesos, mientras supongo que Martin me desataba.

Caminamos un pequeño trayecto y luego Martin me dijo, listo señor, estamos en la casa, hacia donde, le dije que se encontraba en el patio central, pero necesitaríamos una pala por que se encontraba enterrado.

Encontrándonos en el patio central me quitaron la venda y Martin me apuntaba con lo que parecía ser un arma corta, entonces el cómplice me entrego una pala y me ordenaron cavar.

Cave mas o menos por una hora o dos antes de encontrar ese maldito dispositivo, trataba esperadamente de que no hiciera un ruido inusual y seguía cavando a sus alrededores, cuando ya lo tuve visualizado, deduje un punto de ataque, entonces clavé la pala con tal fuerza en ese aparato que se produjo un chispazo y se escucho un chispeo muy fuerte, los matones desesperados se acercaron a ver que había hecho, mientras Martin vociferaba: ¿Qué has hecho imbécil?, mientras ellos me insultaban aseste uno y otro golpe; golpes tan fuertes que hacían que las partes del dispositivo se resquebrajaran aun mas, Martin me apunto su arma y antes de que pudiera oprimir el gatillo su mano se deshizó en el viento, y así todos su cuerpo se fue desvaneciendo mientras soltaba alaridos de dolor, lo mismo sucedió con la otra lagartija, se iban poniendo verdes, se arrugaban y sus cuerpos se volvían polvo que giraba en torbellinos sincrónicos, yo continué entonces asestando golpes y golpes a esa maldita maquina, hasta que mi cabeza empezó a dar vueltas, sentí unas nauseas incomprensibles y empecé a ver como todo al mi alrededor daba vueltas en un vaivén de luces y sombras.

Capítulo 9, El retorno

Otra vez estaba en la casa, todo me daba vueltas, ¿lo habremos logrado?, ya no estaba en el patio central, estaba afuera y la casa tenía un semblante diferente, no importaba ya, me sentía cansado, me sentía desesperanzado, quise involuntariamente ser derrotado, Elisa recordaba mientras me ardía el pecho y se me interrumpía la respiración.

Entonces camine lentamente a la casa vacía con mi alma igual de vacía, y en la puerta principal yacía un viejo, flaco y desgarbado Argos, mi pobre Argos había sido doblegado por los años y la soledad, todo había acabado pensaba mientras lo acariciaba con ternura y con mucho esfuerzo Argos batía su cola, me lamió las manos y al igual que el perro de Ulises, mi Argos murió descansando al verme retornar a la casa, murió en mis brazos, sentí como si un alfiler se clavara en mi corazón, me invadió la impotencia y se extendió desde mis piernas hasta mi estomago, mientras las lagrimas me rodaban por la cara, mientras se ahogaba un grito de desesperación en la profundidad de mi tristeza pensaba: ahora después de todo lo que había trabajado por volver, después de lo que había perdido para curar la casa, ahora estaba el edificio hermoso, intacto y solitario, estaba esa casa de la que me enamoré, por la que he luchado, por la que he trabajado todo este tiempo, pero ahora no hay quien viva en ella.

Entré a la casa por la puerta principal cargando el cuerpo de Argos y en el suelo había una carta sellada, la parte de destinatario estaba escrita en una letra con caligrafía impecable que simplemente decía: “dirigida a: el hereje de la Nueva Granada”.

Made in the USA
Columbia, SC
20 September 2022